JN018566

ねこメ

文化祭 ねこメイド喫茶
1

「お久しぶりっす～。アーニャ先輩♪」

CHARACTER

Kokodewa NEKO no Kotoba de Hanase

アンナ・グラツカヤ

ロシアから転校してきた元・暗殺者の少女。猫を命懸けで追う使命を帯びている。

松《まつ》風《かぜ》小《こ》花《はな》

鳥羽杜女子高校の2年生。猫ライフを満喫する猫好き少女。

久《く》里《り》子《す》明《あき》良《ら》

ドラッグストアの店員。その正体は美少女好きの殺し屋。

宗《ひな》像《かた》旭《あさひ》姫

小学5年生。アンナと同居中、お世話好きなしっかり者。

雫《しずく》石《いし》凛《り》音《おん》

明良に保護されている中学生。殺人ウィルスの抗体を持つ。

黒蜂《ヘイフォン》

久里子と交際中の凄腕の暗殺者。本名は「シュエ」。

ペムプレードー

米エージェント『グライアイ三姉妹』の長女。未来予知に近い情報処理能力を駆使する。

エニュオー

米エージェント『グライアイ三姉妹』の次女。グラマラスな野獣ガール。

ペルシス

米エージェント『グライアイ三姉妹』の三女。キレると危険な爆弾使い。

梅《うめ》田《だ》彩《さや》夏《か》

鳥羽杜女子高校の2年生。騒がしいスポーツ少女。

竹《たけ》里《さと》絵《え》里《り》

鳥羽杜女子高校の2年生。梅田にツッコむサバサバ系女子。

ユキ

アーニャの親友。組織からアーニャを逃がして命を落とす。

Mission.1

アフター・サマータイム

私は、猫が嫌いだった。


自分が地球で最も優美な生物だと自覚しているかのような、あの澄まし顔が。

何の役にも立っていないくせに、まるで恥じることない尊大な振る舞いが。

いつの間にか音もなく足下へ忍び寄ってくる、殺し屋じみた不気味な静けさが。

ほんの一年たらず前の私――アンナ・グラツカヤは、そんな彼らを自分の人生とは交わることのない存在だと思っていた。

けれど、今は違う。

私は変わった。劇的な事件の数々と、特別でもないありふれた出来事との積み重ねで。

精密機械めいて一ミリの誤差なく機能していたこの心は、今はもう意味不明で非合理的な隙間《すきま》だらけだ。

私の中に生まれた隙間を目に見えるようにしてみたなら、きっと猫そっくりな形をしているのに違いない。

私の変化はまさに、あの人類の奇妙な隣人との出会いが運んできたものだからだ。

そんな「猫の形をした隙間」から入りこんできたものは、驚くほどにたくさんある。

それらがきっと大小様々な要因となり、かつての殺人機械《キラーマシーン》であったアンナ・グラツカヤをすっかり変えてしまったのだろう。

誰を殺すことも誰に殺されることもない、この穏やかでやさしい世界の一員として当たり前な在り方へと。

けれどこの感覚は、かつて幼いころの私も持っていたはずなのだ。組織での非情の日々と刷りこまれたマインドコントロールが、私の人生からそれを奪った。

そして、ユキ――この手を取って新たな世界へ私を連れ出しながら、自分だけが先に逝《い》ってしまった親友はこんな言葉を遺《のこ》していった。


『猫がきっと、君が失ったものを取り戻してくれるだろう』


果たして、彼女の予言は達成されたと言えるのかもしれない。私はもう、この幸福な日常を自分の居場所にすることができたのだと。

けれど、そう自分に言い切ることをためらってしまう心理が私にはあった。

私は依然として、闇と光の境界をさまよっていると囁《ささや》く声がどこかから聞こえてくる。

それは、一人の女の子への負い目によるものだった。

雫石凛音《しずくいしりおん》という少女と出会った、この夏の記憶が蘇《よみがえ》る。

猫との出会いによって取り戻しつつあった、光の中にある穏やかな人生。まるでそれと釣り合いをとるかのように、あの少女は私の前に現れたのだ。

いや、その表現も的確ではないだろう。

彼女は、最初から存在していた私自身の影……取り戻そうとする幸福の負債を押し付けられた、犠牲者《ぎせいしゃ》だったとも言えるのだから。

この命をいつか奪う殺人ウィルス――《血に潜みし戒めの誓約《クローフィ・クリヤートヴァ》》。

普段は不定期の潜伏期間を維持しているが、発症したら最後、全身を侵す地獄の苦痛を経て必ず死に至るという一種の時限爆弾。組織が裏切り防止のため構成員に投与したそれは、今も私の中にあった。発症したウィルスを一時的に鎮《しず》められるのは、組織の開発した抑制剤だけ。

だが、組織を脱走して半年以上。私は今も、抑制剤なしで生存を保てている。

ユキから教えられた、抜け道としての対処法……猫アレルギー持ちである私が猫に近づくことで、アレルギー症状を意図的に引き起こすという奇想天外な裏技を用いることで。

猫アレルギー症状の免疫反応時に分泌される、独特の体内成分。それが抑制剤と同じ効能を持つことを、組織の一員である彼女が発見したことがすべてのはじまりだった。

その一方……ウィルス自体を根絶させる免疫細胞《ワクチン》もまた、この日本で密《ひそ》かに開発されていた。そして、凛音《りおん》の体内ですでに生成を完了している。

つまり私が過去の呪いから解放されるための、最後のピース。完成したそれは今、凛音とともにあるということだ。

この事実をワクチン開発プロジェクトの出資者である宗像夜霧《むなかたよぎり》——私の愛すべき同居人である旭姫《あさひ》の母親——に伝えれば、万事めでたしのハッピーエンドが約束されている。

けれど私は、その情報を夜霧はもちろん娘の旭姫にさえ伏せていた。それを知っているのは、私以外には凛音の現在の保護者だけだ。

二か月前の夏休み、旅行先の浜辺で聞いた凛音の言葉を思い出す。

『私は、あなた一人を生かすためにお金で買われた命……つまり、生《い》け贄《にえ》です』

凛音は決して私個人を憎んでいるというわけではなかった。ただ彼女は、自分が望みながら得ることのできなかった宝を持っている私がうらやましいと言った。

私がこうして生きている事実それ自体が、死んだユキやその母である夜霧がつないだ愛という絆《バトン》の存在証明なのだと。

凛音という、幸福《ひかり》の後ろに生まれた犠牲《かげ》。

彼女の存在を知った影響は、私にとってこれ以上ないほど大きくそして重たいものとなってしまった。

今までの私は、どんな困難があろうとも死力を尽くして立ち向かうだけでよかった。

けれど凛音の存在は、そんな私が生きるための営みそのものに突きつけられた問いかけであると言ってもいい。

もし今の心理状態のまま、ペムプレードーや黒蜂《ヘイフォン》といった過去の強敵たちともう一度戦うことになったなら……私はもう、彼女たちに勝てないかもしれないとさえ思っている。

少なくとも彼女たちは、自分自身のために戦うことへの迷いなど持ってはいないだろうからだ。罪悪感めいた負い目に足を引かれる私とは、根本の姿勢からして違う。

凛音《りおん》という犠牲《ぎせい》を利用して、ハッピーエンドを摑《つか》みとる覚悟《エゴ》を今の私は持てていない。秘密を胸に秘めたまま、過ぎゆく時にただ身をまかせている。

何も変わらぬ現状維持のまま、季節だけが穏やかに廻《めぐ》りつつあった。

まばゆい光と色濃い影がすれ違った季節《なつ》は過ぎ、すべてが透明で静かな――けれど確実な変化を運ぶ季節《あき》がやってくる。

廻りゆくその先に、私がこの国へたどり着いた運命の季節――再びの冬を予感させながら。

私と仲間たちが生きる秋という季節は、そうして日々深まりつつあった。


「それじゃアーニャ、いってくるね～」

上機嫌にこちらを振り返ると、旭姫《あさひ》はいそいそと出かけていく。

一〇月も半ばすぎになろうという、週末の土曜日。朝晩の冷えこみと日中の暖かさとが、猫の目のように忙《せわ》しない季節の変わり目である。

旭姫は秋っぽいブラウンのトレーナーにチェック柄のミニスカート、黒のハイソックスというガーリーなファッションで決めていた。珍しくアイプチでいつもより目元をぱっちりさせ、チェリーピンクのリップまで塗っている。

「いってらっしゃい、旭姫。今朝はやけにおしゃれだな」

「うん。だって、初めて東京まで遊びにいくんだもん。それに凛音ちゃんとのデートなんだし、ダサい格好はできないってば」

うれしそうに旭姫は答えた。

凛音の名前を聞いて複雑な感情がよぎったが、もちろん顔や声には一切出さない。

「そういえば、東京へは前から行ってみたがっていたな。凛音とは、あれからずっと連絡をとりあっているのか？」

「そうだよ。前からあたしの憧れの女の子だったんだもん。もう毎日夢見てるみたい！」

ティーン女子向けファッション雑誌の読者モデルだった、凛音。旭姫はずっと前から手紙を送るなど、彼女のファンであることを自認していた。

この夏の海への旅行で、偶然――ではなく、ある女による必然のセッティングだったわけだが――凛音と対面できたときは、感涙するほど喜んでいたのが記憶に新しい。どうやら旅行から帰ってきた後も、旭姫は凛音との交遊関係を保っているようだ。

高いテンションのまま、旭姫《あさひ》は意気揚々と部屋を出ていった。後には私と、もうひとりの同居人である猫のピロシキだけが残される。

「今日は、おまえと二人での留守番だな」

そのピロシキは、定位置であるカウチソファの上でいつものように惰眠《だみん》をむさぼって……

「ん？　どこへいったピロシキ？」

いるのかと思ったら、いない。

リビングのほかの三部屋を捜してみたが、どこにも見当たらなかった。ベッドの下やトイレの中まで覗《のぞ》いてみたが、絶賛行方不明中。

まさかと思い、サッシ窓を開けてバルコニーも確認。そこにも見当たらず、さすがに不安になってきた。

途方に暮れてリビングに戻ってくると、ふと後頭部に視線を感じた。

長年の間に培《つちか》われた殺し屋の習性で、反射的に振り返る。

「あ――」

リビングの天井と、横長のエアコン室内機との間に挟まれたわずかな空間。

そこに、こげ茶色と白のツートーンで分けられた毛玉が君臨していた。

ピロシキはエアコンの上でモフモフの真っ白な胸を張り、前足を揃えた堂々たるポーズで愚かな人類たる私を見下ろしていたのだった。

「いったい、どうやってそんなところに……」

エアコンまでの高さは二メートル以上あり、周りには足場にするカーテンレールや家具なども存在していない。壁をよじのぼってそこまで到達するには、手がかりがなさすぎる。

不可解に思って室内を観察してみると、エアコンの対角線上にあるキッチンが目についた。

高い位置にある収納棚の扉が、外側へ開いたままになっている。

どうやら謎は解けたようだ。

ピロシキはキッチンに飛び乗るとあの収納棚までよじ登り、数センチほどの幅しかない扉の背を足場に踏んでジャンプ。一気に空中を跳び、はるか遠くの新大陸エアコンにまで到達したというわけらしい。

しかし、キッチンからエアコンまでの距離は優に三、四メートルはあった。それを助走なしで跳び越えたのだから、恐るべきは猫の身体能力である。割とぽっちゃり体型でそこまで俊敏でもなく、この半年以上の飼い猫暮らしで野性みを失いつつあるピロシキでさえこうなのだから凄《すさ》まじい。

我こそがエアコンの王である、とでも言いたげに威風堂々と尻で立つピロシキ。

その優雅な姿はまるで一個の美術品のようで、『猫がいて初めて部屋は完璧になる』と言った一九世紀フランスの詩人マラルメの言葉を私は思い出していた。

だが、しばらくすると……

なう〜ねう〜
んみゃむにゃんみゃむまんなむ
くるるるるあ〜〜ん

王の威厳とは程遠い、ひどく怯《おび》えたような鳴き声をピロシキが唸《うな》りだした。瞳孔《どうこう》も真円形に大きく広がり、真っ黒になっている。

「もしかして……降りられなくなった？」

エアコンの位置は、普段昇り降りするキャットタワーの最上段よりも高い。しかも降りるための足がかりもないため、どうやって下に戻ればいいのかわからなくなっているらしい。

威厳をまとう生きた美術品は、私の中では赤ん坊や幼児と同じ扱いへと一瞬で変わった。

エアコンの下まで移動すると、両手を差し上げ迎え入れるポーズを取ってみせる。

「さあおいで、ピロシキ」

盤石《ばんじゃく》の体勢で誘いをかけるが、ピロシキはうろうろとエアコンの上を左右に行ったりきたりしていた。飛び降りるふんぎりがつかないらしい。

仕方なく、私は隣の部屋から折りたたみ式の踏み台を持ってきた。高所のホコリ掃除などを想定して買っておいたものだが、まさか猫救助のために使うことになろうとは。

私はその踏み台に登り、エアコンの上にいるピロシキに向け手を伸ばす。指先がようやく届くかと思われたが、エアコンと天井の隙間《すきま》の奥へ逃げるように引っこんでしまった。

「ええ……」

なぜ逃げる。

少しショックを受けた私だったが、半年以上にわたる猫との暮らしで鍛えられたメンタルはこの程度で折れはしない。

私はもう知っている。猫とは、人間の期待や意図を察しながらも必ず裏切るものなのだと。追えば逃げていくくせに、こちらが無関心でいると寄ってくる磁石じみた謎生物。そんな習性を逆に利用し、私はリビングの床でごろりと大の字に転がった。

そのまま天井を見上げてじっとしていると、エアコンの端からピロシキの顔がひょこっと突き出した。真下にいる私が動かないので、こちらの思惑どおり関心を惹《ひ》かれたらしい。

やがて、ピロシキがフリフリと尻を動かしはじめる気配。私はピロシキが跳ぶ前兆を察知すると、腹筋に思いきり力を入れた。

次の瞬間、ずどんという衝撃が私の上に落ちてきた。

「んぐ……ッ」

順調に育った体重四キロ半のピロシキが、私の鳩尾《みぞおち》を狙いすましたかのように落下してきたのだ。私は反射的に、ピロシキの柔らかな猫ボディをぎゅっと抱きしめてしまう。

「すぅぅぅ……！」

フカフカの白いお腹に顔を埋《うず》め、アレルギー覚悟で猫吸いする。焼き立てのパンのような、秋の陽射《ひざ》しに干した毛布のような、心が安らぐ不思議なにおいに私は恍惚《こうこつ》となった。

「ぷはっ……はぁぁぁ」

心ゆくまで深呼吸すると、私はピロシキのお腹から顔を離す。

猫吸いの反動で、てっきり猛烈《もうれつ》な痒《かゆ》みやくしゃみが襲ってくるかと思ったが……そうでもなかった。意外なほど軽微なアレルギー症状に安心していると、こげ茶と白の丸々としたハチワレ猫は、そのまま私の上を降りてぽてぽて歩き去っていく。

その優雅な後ろ姿からは、着地マットになってくれた飼い主への感謝やいたわりなどは欠片《かけら》も見えはしない。だが、この冷淡さこそが猫の平常運転なのである。


『猫は人のことを怖がるけれど、それと同じぐらい人が大好きだからなんだよ』


ふと、脳裏に蘇《よみがえ》ってきた言葉があった。

この土地にきて間もなくして出会った、一人の少女が私に教えてくれたことだ。

猫のことが大好きで、多くの猫と触れあいながら毎日を暮らしている彼女——松風《まつかぜ》小花《こはな》からは、猫にまつわるたくさんのことを学んできた。

今の作戦にしてもそうだ。こちらの思惑どおりに動いてくれないピロシキに対し、いったん引いて向こうの好奇心を刺激するやり方。それは、今しがた思い出した小花の教えによるものだった。思えば転校初日に、間一髪で河川敷のキジシロ猫を捕まえたときもそうだ。

私は自分の部屋へいくと、机の上に置かれたフォトスタンドを手に取ってみる。

ガラスを透かして見えるのは、銀色に輝く夏の光。

海へ旅行にいったとき、みんなで撮った記念の写真だ。私の隣には、笑顔を浮かべた小花の姿が映っていた。

写真の中の小花を見ていると、なぜだか無性に彼女の声が聞きたくなってきた。

そしてそう思ったときには、スマートフォンがもう手の中にあったのだった。

ほとんど無意識のうちに、私はそうしていたらしい。

頭で理由を考えるよりも先に、心が小花と話したがっていた……とでもいうのだろうか。

けれど、いきなり何の用事もなく電話していいものか迷ってしまう。

迷惑じゃないだろうか？　いや、小花は誰とでも開放的に接する明るい性格だ。きっと私が電話しても快く応対してくれるだろうと思う。思うが、しかし。

「……むぐぐ」

何度も迷いながら、連絡先から小花の番号を呼び出すところで止まってしまう。

指先は、通話アイコンの上をさまよいながらずっと行き場を失《な》くしていた。

「やっぱりやめておこう……」

私は結局、ふんぎりがつかず断念する。柄でもないことはするべきではない、と通話画面を取り消そうとしたとき。

「あっ――」

動揺したせいか、間違って親指が通話アイコンに触れてしまっていた。

あわてて液晶画面を見たときには、すでに呼び出し音がスピーカーから流れはじめている。

一回。二回。三回――通話はつながらない。どうしよう？　呼び出しをやめるべきか？

四回。五回。六回――膨《ふく》れあがる緊張に耐えきれず、ついに呼び出しを中止した。

「ぷはぁ……」

そこでようやく、自分が呼吸を止めていたことに私は気づいた。顔がかあっと熱くなり、心臓が爆発しそうに激しく脈を打っている。

なぜだろう。ただ電話をしてみただけだというのに、いつになくこんなに緊張してしまうなんて。

過去、様々な暗殺任務に従事していたころの自分が嘘のようだ。いかなる苛酷《かこく》な状況下においてさえ、心はこんなに乱れたりはしなかった。

けれど、この感覚にはどこか覚えがあった。

そう……日本へきた当初、自由すぎる猫に振り回されていたあのころに日々感じていたものだ。つまり、自分にとって未知の概念に触れたときの感覚ということ。

小花《こはな》のことを考えると、なぜか胸が苦しい。

彼女は大切な友だちであり、過去の秘密を打ち明けた今は親友と呼んでも過言ではない存在だ。なのに、いざ電話をかけようとしただけで、こんなにも怖さすら感じるプレッシャーを受けてしまうのはなぜなのだろう？

写真に写る夏の景色が連想を呼んだせいか、ふと耳の奥に祭り囃子《ばやし》の音が蘇《よみがえ》ってくるのを感じた。八月の、大鷹《おおたか》神社での夏祭りの記憶だ。

そして、あの夜の——色鮮やかな浴衣《ゆかた》を着た、いつもとは違うしっとりとした小花の姿。

「…………」

そのとたん、胸に甘い疼《うず》きが走り抜けた。

そうだ。この感覚は、思えばあのへんから始まっていたような気がする。

小花を前にすると妙に息苦しく、胸の奥がくすぐったくなってくるようなこの気分。

彼女と出会ったばかりのころは、覚えがなかった感情だ。

どうやら私は、友だちである小花に対し、友情とは微妙に異なる別の感情を抱きはじめているのかもしれない。友情《それ》とも大部分は重なるが、そこから明確にはみ出す部分もふくめた過《か》剰《じょう》な好意とでも言うべきか……

私はいったい、どうしたというんだ？　こんなざまで小花を前にして、普通に振るまうなんてできるのか？

そんな意味不明な自問自答は、スマートフォンの振動によってふいに遮られた。

「……っ」

通話画面には、小花《こはな》の名前と番号が繰り返し点滅している。

我ながら滑稽なほど動揺しつつ、私は通話アイコンを指でスライドさせた。

「もっ、もしもし」

『もしもしアーニャ？　さっきは電話出られなくてごめんねえ。ちょうど接客中だったんだあ』

聞こえてきた小花の声で、今日は学校が休みの土曜日だということに思いが至った。

休日の小花は、彼女の実家が経営する猫カフェ『松ねこ亭』の店員として働いているはずだ。

『どうしたのお？』

「あ、いや、なんでもない……ああいや、なんでもないというわけでもないんだが、特別な用事があったのではなくて、その、なんというか……」

しどろもどろに言葉を紡ぐ私の声は、誰が聞いても不審人物のそれでしかなかった。しかし、用があって電話したわけではないのは本当ではある。

『ふふっ、なんか面白ぉい。でも、アーニャから電話もらえてうれしいなあ』

「うれしい？　それは本当か？」

『うん。ほんとだよお』

何気ない小花の言葉に、なんだか勇気をもらえた気がした。私は少し大胆になる。

「急に、小花の声が聞きたくなっただけなのだが」

『そうなのお？　ならウチくる？　今日は土曜だけどお客さん少なめだから、割とおしゃべりできるかも』

小花からの誘いに、私は天にも昇るような心地になった。

ただ、いつものように馴染《なじ》みの猫カフェへ出かけていくだけだ。それなのになぜ、こんなにもうれしいのだろう？　まったく、自分の気持ちが不思議でならなかった。

「うむ。では今からそちらへ向かおう」

『じゃあ、お店の猫ちゃんたちと待ってるねえ』

楽しそうな小花の声を耳に残して、通話は終わった。

私はクローゼットを開き、半年間でいささか種類が増えた『アーニャ私服セット』のレパートリーから何を着ていくかを選びはじめる。

「……困った。どれを着ていけばいいのだろう」

これも奇妙な心理だった。普段着でいいはずなのに、これから小花に会うのだと思うと迷いが生まれてしまう。出かける前の旭姫《あさひ》がおしゃれに気合を入れていた気持ちが、私にも実感として理解できた。

即断即決。それこそが、銃弾の飛び交う世界で命を繋《つな》ぐ最大の鉄則だったというのに……

まさか、友だちと会う服を選ぶだけで延々と悩んでしまうとは。

記憶の中に立つ一年前の自分自身から、今の醜態《しゅうたい》を冷ややかに見下ろされたような気がした。

結局、私が選んだのはいつもと同じ普段着のパーカー。悩んだ時間はほぼ無意味と言える。

せめてものおしゃれとして、新しく買ったニット帽をかぶって出かけることにした。


向かい風に細めた目の隅から、少しオレンジ色を帯びた陽射《ひざ》しが突き刺すような角度で侵入してくる。

顔に当たる河川敷の風は、午後四時前でもすでに夕暮れ時の冷たさが混ざりはじめていた。

腰に回した両腕で抱きついた小花《こはな》の背中は、風のぶんだけ温かみを感じる。

小花がペダルを漕ぐ自転車の後ろに、私は乗せてもらっていた。

「お買い物、わざわざ付き合ってもらって悪いねえ」

「問題ない。どうせ家にいても、ほかにやることはないからな」

土日と祝日の『松ねこ亭』は午後三時までの営業になる。店の仕事が終わったあと、駅前商店街へキャットフードや日用品の買い出しに出かける小花に私は同行していた。

「旭姫《あさひ》ちゃんは東京へお出かけなんだっけ？　ピロシキちゃん、ひとりでお留守番中かあ。おうちでさみしくしてないといいけどねえ」

「あいつは野良猫暮らしが馴染《なじ》んでいたせいか、今も割とひとりが好きな性格のようだ。小花の家のあめのように、常に人懐っこくはない。自分が暇なときだけ、遊べと寄ってきたりはするが」

「あはは、気ままでかわいい。それも猫あるあるだあ」

自転車が走っていく、河川敷の突堤《とってい》。道の起伏が、ゆるやかな上り勾配《こうばい》へと差しかかった。

重心が気持ち後方へ移動し、小花の背中がこちらに落ちてくる感覚。彼女の腰に回した私の両腕にも、ずり落ちないよう無意識に力が入っていた。身体《からだ》と身体が自然とくっつき、密着感が強くなる。

この惑星の重力が、私たちの間に存在する距離をほんの少しだけ縮めた瞬間。

宇宙的な尺度からすれば、無にも等しい……けれど私にとっては、小花の体温をより強く感じさせてくれる確かな変化だ。

自転車のタイヤが小石を踏むときの小さな揺れ。チェーンが回転するリズミカルな音。目まぐるしく視界をハレーションさせる、クリアイエローの鋭角な斜陽。

それ以外を認識する感覚が、向かい風の冷たさに溶けながら消えていく。

ふとこの世界から、私たち以外に誰もいなくなってしまったかのような錯覚が襲ってきた。

そんなやるせない孤独感の中で、目の前で揺れる小花の後ろ髪が黄金色《こがねいろ》の陽射しに光って見える。土曜の午後に流れる静かな時間を、風の中で私は小花と共有していた。

やがて、自転車は駅前商店街まで到着した。小花《こはな》はドラッグストアの前に自転車を停《と》めると、私と一緒に店内へと入っていく。

カートを押してペットフードのコーナーへ向かう小花に付いていくと、女性店員の一人と目があった。

「いらっしゃい、アーニャちゃん」

店のエプロンをした長身の女——久里子明良《くりすあきら》は、こちらを見て微笑を浮かべている。

「今日は、小花ちゃんとお買い物デート?」

「いや、特にそういうわけでは……」

店内に客の姿は疎《まば》らだった。明良は商品棚の整理と在庫のチェックをしつつ、私に近づき話しかけてくる。

「あら、そう? 凜音《りおん》は旭姫《あさひ》ちゃんと出かけてったみたいだから、ダブルデートなのかなって」

凜音の名前を、明良は自然に口にしていた。

私たちにとっては、特別な意味を持つ少女の名前を。

「……例の件、決心はついた?」

私が察した空気を感じて、いつものように明良がそう切り出してくる。

凜音を預かる現在の、、、保護者——明良は、彼女の秘密と私たちの現状を共有している唯一の人物だった。

私が無言でいると、察したように明良の微笑が苦みを帯びる。

「もしかして、まだ迷ってる感じ？　何度も言うようだけど、アーニャちゃんが責められることは何もないのよ。凛音だって、あのときは感情が先走って思いの丈をぶちまけてしまっただけだし。アーニャちゃん個人を恨んでなんかはいないって、本人も言ってたでしょ？」

そして、私をフォローするようにそう言ってくれた。

「気遣ってくれてすまない……でも、もう少し考える時間をくれないか」

これで何度目かになるやり取りの返事を、やはり同じように繰り返す。

凛音からの、免疫細胞《ワクチン》の譲渡。

私の体内に巣食うウィルスを根絶し、過去の戒《いまし》めから解き放ってくれる幸福への切符は、すぐそこにある。私がそれを望むなら、いつでもハッピーエンドは約束されているというわけだ。

けれど私は、差し伸べられた救いの手を受けとることがずっとできずにいた。

「そう……」

明良が残念そうにため息をつく。

「あの夏のことは、いまだに悔やんでいるわ。凛音の中にある闇を見極められなかった、私のセッティングミスだから……前もってもう少し、彼女と深く話しあっておくべきだった」

「いや、これはあくまで私自身の問題だ。明良が気に病む必要などはない」

この停滞はどこまでも、私が勝手に囚《とら》われている負い目という感情のせいでしかない。

他人からすれば愚にもつかない葛藤《かっとう》であり、時間を空費しているだけの先延べ期間《モラトリアム》にしか見えないだろう。

けれど私は、胸に刺さったこの罪《とげ》を無視することができなかった。

理由は言うまでもない。ひとえに、私がそれだけ弱くなってしまったからだ。

かつての私であれば、どんな悪も罪も無感のまま背負うことができただろう。そこにある生存のための正解を、迷うことなく選び取れる強さを持っていた。

けれど、今の私は——

「あっ、いたいたアーニャ。明良《あきら》さんとなに話してたのお？」

「小花《こはな》ちゃん、いらっしゃい。ちょっと、夏に旅行へいったときの話をね」

両手でカートを押しながら、笑顔でこちらへ近寄ってくる小花。

思えば、彼女との出会いが始まりだったのかもしれない。

この小花を通じて猫なる不思議な隣人を知っていき、やがてともに暮らすようになり……

そして小花にとって、生まれたときから一緒にいた家族にも等しい猫——モーさんとの別れに涙したとき、変化《それ》は決定的となった。

あのとき胸が張り裂けるような感情のまま振りしぼった啼泣《ていきゅう》は、きっと生まれ変わったアンナ・グラツカヤの上げた産声《うぶごえ》でもあったのだろう。

この迷う心が弱さゆえのものであるのなら。この弱さが今の私である証《あかし》だというのなら。

私はきっと、それを無視して前に進んではならないのだ。

もう二度と、死にゆく友《ユキ》を前に涙ひとつ流せなかったあの日に戻ってしまわないように。

「ああ、そうだよ。この夏のことは——本当に楽しかったな、と話していたんだ」

弱さと迷いをかかえたまま、私は自分自身と向き合っていく。

どうすればこの負い目を乗り越え、笑顔で幸福を目指せるようになれるのか……どれほどそれが難題であろうとも、私は必ず答えを出したいと思っていた。

これからも小花や旭姫《あさひ》、そして猫たちとも暮らしていくために。


二学期の中間テストが終わると、校内にどこか浮かれたような高揚が生まれはじめていた。

これは、祭りを前にした期待感だ。得体の知れない楽しげなムードが、生徒たちの気分にも影響を及ぼしている。

二週間後に迫るイベントは、私立鳥羽杜《とばもり》女子高校で開催される秋の文化祭。その名を『羽《は》衣祭《ごろもさい》』という。

各学年のクラス単位、そして文化系の部活動単位で当日の出し物が協議され、そして続々と決定していった。

我《わ》が二年一組の教室でも、放課後にそのプロセスは自主的に行われ——

「というわけで、今年の羽衣祭《はごろもさい》の企画！　ウチはコレでいくことに決まりました〜！」

誰よりも声がデカいという理由だけで学級委員に選ばれた女、身長一七五センチの梅田彩夏《うめださやか》が黒板をバンバンと叩《たた》く。

黒板には白チョークで『メイド喫茶』と大きく書かれ、メイドの上部分に後から黄色チョークで『ねこ』と一回り大きな文字が書き加えられていた。さらに赤チョークによる花丸で全体が囲まれ、下には、猫の顔をデフォルメしたゆるい感じのイラストも描かれている。

かくて、二年一組の出し物は『ねこメイド喫茶』なるものに決定していた。

「COOL！　これ絶対イケてるっしょ！」

テンション高く拳《こぶし》を突き上げたのは、長い髪を真っ赤に染めた長身のギャル――エニュオーことマデリーン・ダグラス。

「そうでしょうか？　私には世にも珍妙な悪魔合体にしか思えねーんですがね」

その隣で冷めきったため息を漏らすのは、黒髪ショートボブに眼帯の色白少女――ペルシスことリンジー・ロックウェルだった。

ともに私の身辺護衛という謎の任務でこのクラスに潜入している、米国諜報《ちょうほう》機関CIAの準軍事部門《パラミリタリー》に属する独立作戦チーム《グライアイ》のエージェントである。

「でさあ、コハっち。この企画には『松ねこ亭』の協力が不可欠ってのはもう伝えてあるけど……ぶっちゃけ、おうちのほうは大丈夫そ？」

「うん、オッケーだよお。お母さんたちも、お店の宣伝になるし面白そうって好感触だったから。うちの子たちはみんな人慣れしてるし、いろいろ準備は必要だろうけどイケそうかなあ」

梅田とは事前に打ち合わせ済らしく、小花《こはな》が賛同の意を表明している。

「ま、実質は松ねこ亭の出張タイアップ企画みたいなもんだよね。来てくれた人にお店のクーポン券配ったりもできそうだし」

明るい色に染めた髪をサイドテールに結った竹里絵里《たけさとえり》が、相棒の梅田をちらりと見やった。

「んでさ、ウメ。キャストの猫ちゃんとカフェメニューは、松ねこ亭におんぶに抱っこで何とかなるとしてさ。問題はメイドのほうだよね。キャスティングはどうやって決める？」

「んっふっふ。よくぞ聞いてくれたな、エリ！」

芝居がかった仕草で、梅田がスマートフォンを取り出したと見えた直後。教室のあちこちで同時に通知音が鳴っていた。二年一組の全員が登録されたグループラインへの投稿だ。

「なにこれ、かわいい～！」

「メイド服めっちゃ似合ってるし！」

「やはり銀髪にゴスロリは最強なりッ……！」

そこかしこで、女子たちの嬌声《きょうせい》と不穏な興奮の呻《うめ》きが上がっていた。

私も自分のスマートフォンを覗《のぞ》きこむ。

「なあっ」

そして絶句していた。

グループラインに梅田《うめだ》が投稿したのは、私が写っている写真画像だったのだから。

しかも、画像の中の私は『戦闘服』をまとっている。

そう、あの黒と白のメイド服を。

「梅田！　この写真をどこで手に入れた!?」

「あ、それ？　マデリーンから回ってきたやつ」

事もなげに答える梅田をよそに、エニュオーが悪びれない笑顔で手を振っていた。

「や、なんかメイド喫茶やるって梅《うめ》ちんから聞いたからさ～。そいや、アンナちんのメイド姿の画像持ってたっけな～って」

「エニュオオオオオオッ!?」

「エニュオー姉様……その写真は一応《グライアイ》の内部資料ですわよ？　そんな気軽に外部流出させるとは、諜報《ちょうほう》機関の人間としてさすがに自覚が問われる問題かと……」

ペルシスは真顔であきれている。どうやら、いつぞや《グライアイ》の面々と一戦を交えた際に撮影されたものらしい。よく見てみれば、写りこんだ背景はあのとき戦場となった龍神《りゅうじん》峡《きょう》であるようだった。

梅
アーニャの秘蔵写真♪
既読
14:22
既読
14:23
竹
!!!!!?!
既読
14:23
!?

「アンナちん、あんときのメイド服って自前っしょ？　ならもう決定でよくね？」

「待て待て！　どうしてそうなる⁉」

自然に流そうとするエニュオーに対し、私はこれ以上なく動揺していた。こんな醜態《しゅうたい》を曝《さら》された上、成り行きまで勝手に決められてはたまったものではない。

「わあ。超かわいいねえ、アーニャ！」

その瞬間、隣の席から。弾むような小花《こはな》の声が私の耳を打っていた。

「メイド服なんて持ってたんだあ。アーニャが着たところ、生で見てみたかったなあ～」

小花はスマートフォンの画面を、うっとりとした目で眺めている。

「超、かわいい……それは本当か？　小花」

「うん！　めっちゃ似合ってるよお。プロのコスプレする人みたい！」

「めっちゃ、似合ってる……そう思うか？　小花」

小花はウンウンとしきりにうなずいている。

羞恥心《しゅうちしん》を超える強い情動が、やにわに自分の中で湧き上がってくるのを私は感じていた。

それは――奇妙なことに、くすぐったいようなうれしさだった。

小花にかわいいと、似合っていると言われたとたん。あれほど恥ずかしく誰にも見られたくないと思っていたメイド服が、まんざら悪くもないように思えてきたのだ。

「だよねだよね！　コハっちもアーニャさんのメイド姿、文化祭で見てみたいよね？」

「うん！　見てみたあい！」

会話の流れを目ざとく読んだか、梅田《うめだ》がすかさず小花に会話のバトンを渡す。

だがさっきまでとは違い、自分が窮地《きゅうち》に追いやられている危機感はもうなかった。

今はむしろ、見てほしいとさえ思っている。ほかの誰でもない、小花に対して。

自分自身でさえ理解しがたい、劇的な心境の変化だった。

「わかった――もう一度だけ身にまとってみよう、あの戦闘服を」

「戦闘服ぅ？」

「なんでもない、間違えた。メイド服だ」

私と小花のやり取りを見て、梅田は満足そうにうなずいている。そして、糸目をさらにニヤリと細めて。

「はい、じゃメイド一号はアーニャさんに決定ということで！　で、メイド二号なんだけどー」

そして、素早く顔を向けた先には。

「あたしはリンジーがいいと思いま～す！」

「ちょ、梅田ァ!?」

いきなり指名されたペルシスが、驚きのあまりか隻眼《せきがん》と口を大きく開く。

「あ～確かに。普段から私服はゴシック系だもんねー。そりゃ絶対似合うわ」

「ちょ……竹里《たけさと》までいったい何を言いやがりますか!?」

助けを求めるように、隣のエニュオーへ必死に視線を向けるペルシス。

「はいはい、あたしも賛成するし！　ペルっちメイド化大作戦～！」

しかし結果は非情であった。味方からの被弾《フレンドリーファイア》が孤立無援のペルシスに追い打ちをかける。

「な……ッ」

愕然《がくぜん》とたたずむペルシスの肩に、私はそっとやさしく手を置く。

「気持ちは誰よりも私が理解しているぞ、ペルシス」

「アンナ様……」

「ただ日本にはこういう言葉がある。『あきらめが肝心』……こうなったらもう、私と一緒にやろうじゃないか。一蓮托生《いちれんたくしょう》だ」

「し、しかし！　ペムプレードー姉様より託された任務を置いて、こんなクソ茶番に興じている場合では……」

「直々にペルシスを推薦した、梅田《うめだ》の期待に応えるためにも」

何気なく私がそう付け加えると、ペルシスの表情がふいに変化したように見えた。

動揺したように目の光が揺れ、蒼白《あおじろ》い顔に心持ち赤みが差す。

「……まあ、そういう考え方もできますわね」

もじもじと口ごもりつつ、ペルシスがようやく受諾したかに見えた――その瞬間。

「どうしたのお？」

やにわに教室の入口を振り返った私を、小花《こはな》が不思議そうに尋ねてくる。

彼女は気づいていない。

たった今、私の横顔に突き刺さった――あの強烈な何者かの視線を。

放課後の廊下には、もう誰の姿も見えなかった。

だが、ついさっきまでは確かに誰かがそこに立っていたのだ。この教室の中にいる私だけに向けられた、あのレーザービームのように強く鮮烈な感情《パッション》を乗せた視線の主が。

殺気や敵意のような、危険を感じる類《たぐい》の視線ではない。しかし、過去に立ち合った強敵たちと遜色《そんしょく》ない存在感を彷彿《ほうふつ》させる何かがそこにはあった。

(今のは、いったい何者だったんだ……？)

謎の視線を送ってきた何者か。果たして、この学園の生徒なのだろうか？

笑顔の梅田に抱きつかれ迷惑そうなペルシスを横目に、私はその正体が気になっていた。


その夜の就寝前。

私は旭姫《あさひ》と隣り合わせで、彼女の持ち物であるノートパソコンの前に座っていた。

液晶画面には、私も旭姫もよく知っている金髪の美女が映されている。

今は国内にある米軍基地内の施設で療養中の、ＣＩＡ作戦担当官《ケースオフィサー》であるペムプレードーことロザリー・フェアチャイルド――《グライアイ》を率いるチームリーダーと、私たちはライブカメラの映像と音声を通じて会話していた。

「ペムプレードーさん、久しぶり～」

『ええ、本当に。旭姫《あさひ》さんも、お元気なようで何よりですわ』

ペムプレードーは、どこかうっとりとした……そして不穏さを感じさせる熱を帯びた微笑を浮かべている。

『そして、さすがは小学校高学年の成長期……とてもとても、健《すこ》やかにお育ちになられているようですわね』

画面ごしながら、彼女の熱い視線は旭姫の顔のみならずその下――胸部へも注がれているように、私には思えた。

『大人の階段をのぼりきってしまう前の、二度とは返らぬ蕾《つぼみ》の刹那《せつな》。日々ふくらみゆき、そして不可避的に失われゆく、平面と曲面が織りなすバランスの儚《はかな》さ……わたくしにとっては悲しく切ないことではありますが、留《とど》めてはおけぬからこそ少女の一瞬《ちっぱい》は何よりも尊いのですわ。素晴らしいのですわ……！』

「ペムプレードー」

『ハァハァ……はい？』

「ヨダレが垂れているぞ」

異様な情熱で己のリビドーを語り続けていたペムプレードーが、ハッと我に返ったように口元をぬぐった。旭姫にも意味は伝わったらしく、赤面し自分の胸をガードしている。

『こほん。失礼いたしました……久しぶりにお目にかかった旭姫さんのあまりな天使ぶりに、ついトリップしかけてしまいましたわ』

そして彼女は、何事もなかったかのようにクールな表情で取り澄ました。

『アンナさんは、その後お変わりはありませんこと？　エニュオーさんやペルシスさんからも報告は受けておりますが、やはり直接お話しする機会も大事かと思いまして』

「問題ない。というより……あの二人がきてもう三か月になるが、日々こんなゆるい調子で大丈夫なのか？　もっと重大な任務が世界では待っているんじゃないのか？」

『いいえ、いいえ。このわたくしそして我が家族にも等しいチーム《グライアイ》にとって、将来におけるアンナさんの獲得に勝る重大事はありませんわ。わたくし自身も、間もなく現場に復帰できるコンディションが戻りつつありますし』

ペムプレードーの強引さは相変わらずのようだった。何度もオファーを断っているにもかかわらず、依然としてその野心を捨ててはいないらしい。

「また懲《こ》りもせずそんなことを……そもそも、私の意思や希望は無視なのか？」

『まあ、これは失礼しました。おっしゃるとおりですわ。何事にも、相互理解は必要不可欠ですしね……そういえばアンナさんは、何か将来の夢やご希望が具体的におありなのかしら？

よろしければ、この機会にお聞かせくださる？』

あきれてため息を返した私だったが、ペムプレードーの言葉でふと意識が固まってしまった。

私の意思や希望――自分から何気なく言ったことではあったが、私の中にそんなものは存在しないことに気づいたからだ。

私にとっての「未来」とは、常に死と隣り合わせのミッション……そして、その過程で眼前に立ちふさがる敵を倒した数秒後のことでしかなかったのだから。

それ以外の時間は、ただ次のミッションが与えられるまでの猶予《ゆうよ》期間でしかない。

その間に何をしようかという考えぐらいはするが、それをいわゆる将来の夢や希望などとは呼ばないだろう。

未来を選び、望むという生き方を、今までの私はそもそも経験していなかったのだ。

「将来のことか～……あたしたちにはまだ難しいよねえ、アーニャ？」

隣の旭《あさひ》姫の声で、ふと我に返った。

「うむ……そうだな。可能性が多いというのも、また迷いを生むものだ」

適当にそれらしく返したが、その可能性なるものをそもそも私は想像できない。

生と死の二元論だけではない、人生の多様さ――

どうやらまたしても、私にとってとてつもない難題が投げかけられてきたようだ。

『あら！』

ふいに画面の中のペムプレードーが、うれしげに声を弾ませた。

二人してモニターに付きっきりだった飼い主たちへのアピールか、ピロシキがノートパソコンの上にひらりと飛び乗ってきたからだ。その姿はライブカメラにも映っている。

『その子が噂《うわさ》のピロシキちゃんですわね？　はじめまして、この子はシルヴィですわ～』

アメリカンショートヘアの銀猫を抱き上げたペムプレードーが、カメラの前にその顔を向けさせる。シルヴィは飼い主のなすがまま、サファイア色の丸い瞳でこちらを見つめていた。

「あーっ！」

突然その画面が消滅し、旭姫が思わず大声を上げる。

ぽてぽてとキーボード上を歩くピロシキが偶然踏んづけたエスケープキーが、オンライントークアプリを終了させてしまったのだ。

「だめじゃない、もう。ピロシキったらしょうがないな～」

ピロシキを抱き上げてどかす旭姫の顔は、叱る言葉とは裏腹で大いに笑っていた。

眠りについたあと……私は日本へきてから初めて、その女のことを夢の中で思い出していた。

理由は、たぶん昼間の学校で感じたあの何者かの視線のせいだろう。

無限に広がるこの世界で、私ひとりだけを見つめているというような……激しい情熱がこめられた、熱い視線。

それと同じ眼差《まなざ》しの主に、私は以前にも出会ったことがあった。

かつて私が属していた、ロシアの地下犯罪組織《家《ドーミク》》での日々――

あれは、その組織の訓練施設での出来事だった。

私はマンツーマンで、ナイフコンバットの実戦スパーリングを新任の教官相手に行っていた。

軍のエリート空挺《くうてい》部隊の出身で身長は一九〇センチを超え、体重に至っては私の倍以上……一二〇キロはあるだろう筋肉の塊。除隊後に、妻と浮気相手を殺害して刑務所送りになった経歴を持つ。

私と教官は、共に硬質ラバー製のダミーナイフを利き手に保持していた。ナイフのブレード部分には、青と赤の特殊染料がにじみ出すギミックが施《ほどこ》されている。ブレードが相手の身体《からだ》に触れると、飛び出た染料が付着し斬《き》られた証明になるというわけだった。

教官は白い肌を茹《ゆ》で蛸《だこ》のように真っ赤に染め、肩を大きく喘《あえ》がせていた。全身の急所という急所には、私によって付けられた青色の染料が付着している。実戦であれば、とうに出血多量で動けなくなっているだろう。

対する私の身体には、一本の赤線も付けられてはいなかった。

教官のナイフは、スパーリングが始まってから私に一度も触れることができずにいるのだ。

屈辱《くつじょく》に燃えた教官が、じりじりと圧力をかけるように近づいてくる。互いに利き手を小刻みに動かし、腕そしてナイフが届く空間距離をレーダーのように探り合う。

当然ながら、攻撃が先に届くのはリーチの長い教官になる。間合いに突入したと見るや、素早い動きでこちらの顔めがけ薙《な》ぎ払ってきた。

これほどの体格差があると、大きいほうが有利であると一般的には見られがちだ。しかし私はすでに、自分の小柄な体格を有効に使う動きを肉体に馴染《なじ》ませきってある。

薙ぎ払いを一瞬のダッキングでかわしつつ、巨漢の足元へ一挙動で潜りこんだ。同時に、すぐ眼前にある太腿の内側を狙ってナイフを一閃《いっせん》。

大動脈が存在する箇所で、実戦で斬られれば大量出血で戦闘不能になるのは間違いない。私の放った一太刀《ひとたち》は、その箇所に新たな青の一本線を刻みつけた。

『!?』

本来ならそこで仕切り直しだが、教官の動きは止まらない。身を沈めた私の顔面を狙って、全力の膝蹴《ひざげ》りを叩《たた》きこんできた。スパーリングでのルール違反となる暴走行為だ。

かろうじて腕をL字に固め、ガードには成功。だが体重差のある打撃をまともに受け、私は大きく吹っ飛ばされる。しかも威力を殺しきれず、ガードした自分の腕で頭を強く打ちつけてしまった。

『くっ……』

軽い脳震盪《のうしんとう》で足元がよろける。立ち上がる私を、教官が笑みを浮かべて見下ろしていた。

『悪い悪い、つい勢いで当てちまった。さあ、仕切り直しといこうじゃないか』

そのしてやったりという顔を見て、今の暴走行為が故意だったことを理解した。

己の面子《メンツ》を保つために、訓練でそこまでやってくるとは意外だったが……そうくるのであれば、こちらも遠慮《えんりょ》は無用でいいということになるだろう。

とりあえずは裸絞《チヨーク》めで失神させたあと、全裸に剝《む》いて廊下にでも放置してやるか——


『うわっ、こりゃまたダッセェもん見ちゃったっすね〜』


そう思った瞬間だった。

ふいに、訓練ルームの入口から嘲笑《ちょうしょう》の声が聞こえてきた。

教官ともどもそちらを向くと、いつの間にかそこに一人の少女が立っているのが見えた。

私と同じぐらい小柄な背丈だった。年齢も同年代だろう。

ねじれた黒のくせっ毛は、パーマをかけたようにも見える。ぎらつくように目力が強く、どことなく小さな黒狼といった印象があった。

黄金《ゴールド》に近い琥珀《こはく》色《いろ》の大きな瞳は、太陽のように熱い輝きを発しながら私だけを映している。

『ラードゥガ……』

私より数年遅れで組織に入ってきた、彼女の名前はラードゥガ・ロマノヴァ。

暗殺者としてのスキルは群を抜いて高く、このところの任務で挙げた功績も多大なものがあるようだ。私の次となる世代のエース候補といった成長株で、《家》《ドーミク》の申し子と呼ぶ声さえあると聞いている。

ぱあっと輝くような笑顔を、ラードゥガが私へと向けた。

『グラツカヤ先輩～。ぶっちゃけそのデカブツ、全ッ然相手にならなくて退屈してたっすよね？　そこで、このスーパー後輩ちゃんのエントリーってわけっす！』

あまりに傍若無人《ぼうじゃくぶじん》と言っていい宣言に、新任教官が額に怒りの青筋を浮かべた。

『おい、そこのモジャモジャ頭。おまえも俺の訓練を受けたいってわけか？　いいぜ、入ってきな。礼儀を拳《こぶし》で叩《たた》きこんでやるよ』

彼女の顔をまだ知らなかった教官が、手招きで誘う。

だがラードゥガは彼の存在を無視したかのように、その脇をすり抜け私の元へやってきた。

そして両手を伸ばすと、ぎゅっと私の手を握りしめてくるのだった。

『前からお会いしたいと思ってたっす！　ぜひ一丁手合わせお願いしたいっす！』

ニコニコと笑う彼女の視界には、さっきからずっと私だけしか映ってはいないかのようだ。

コケにされた教官はダミーナイフを投げ捨てると、より危険な彼自身の拳をラードゥガへ見舞ってくる。

視界を稲妻が走った。遅れて、空気が爆《は》ぜたような炸裂音《さくれつおん》が響き渡る。

ふわりと浮いたラードゥガの靴底が、床のマットに着地したと見えた瞬間。

二メートル近い筋肉の塊が、くしゃりと真下へ崩れ落ちた。

一切の力感が身体《からだ》から抜けきっており、正座をするように膝《ひざ》をついたまま白目を剝《む》いている。まるで解体される高層ビルが、発破爆破で崩落する現場を見たかのようだ。

ファイティングパンツの股間《こかん》が、じわりとしみ出した血尿で濡《ぬ》れていた。何本もの折れた前歯が、したたり落ちる吐血に絡んでいる。教官は、そのまま前のめりに倒れ伏した。

目にも留まらぬ刹那《せつな》にラードゥガの放った一撃――いや三撃が襲いかかり、この男の意識を肉体から叩《たた》き出してしまったのだ。

股間への前蹴《まえげ》りで睾丸《こうがん》を、その蹴り足を踏み台に駆け上がっての足刀が喉仏《のどぼとけ》を蹴り潰《つぶ》し、とどめに人中《じんちゅう》――鼻の下の急所への跳び膝蹴《ひざげ》りで、上顎骨《じょうがくこつ》を前歯ごと粉砕。三つの破壊音は限りなく同時に重なり、一つとなって私の耳へ届いていた。

『ラーちゃんはやさしいので、片玉《かたたま》は残してやったっすよ～。って、聞こえてないっすか』

まるで一瞬の火花めいた神速の蹴り技。少なくともスピードでは、私と完全に互角と言ってもいいだろう。その瞬発力から生じる殺傷力もまた同じく。

格闘能力においては疑いなく、私と同じかそれ以上のセンスを誇る天才だ。

『お互い口直しに、いっちょどうすか最強さん？』

ラードゥガの口調が微妙に変わっていた。

憎悪《ぞうお》でも敵意でもない、ただただ熱い闘志と私へのライバル心に燃えた黄金の瞳。それが目の前すぐに迫ってくる。

これほど押しが強い挑戦を受けたというのに、不快感はまったく受けていないのが我ながら不思議だった。この少女が漂わせる、奇妙にゆるい空気や小動物的な愛嬌《あいきょう》のせいだろうか。

『いいだろう。相手をしようじゃないか、申し子』

ラードゥガの熱さに感化されたかのように、私は飛び入りの決闘を受けて立っていた。

戦闘力においてほぼ互角と言える、私たちの対決は——

私の一方的な勝利が続いていった。

理由は、単純に積んだ経験の厚み。要は、実力以外の駆け引きでの差ということだ。私が蓄積したそれを一〇〇とするなら、ラードゥガはまだ五〇や六〇といったところ。

特に最初の一本目で喫《きっ》した敗北が、彼女には大きく響いただろう。

直前でラードゥガの攻撃を観察することができた私に対し、彼女のほうは初見と言っていい。

新任教官とのスパーリングでの私は相手のレベルに合わせて限定した動きしかしておらず、参考にはならない。むしろそれを見ていたとすれば、刷りこまれたイメージとしてはマイナスに働くはず。

それを計算に入れた私は、いきなり手の内を惜しまぬトップギアでの猛攻をかけた。そして最初は観測モードで臨んできた彼女に対し、ことさら圧倒するような形で勝ったのだった。

自信満々で挑んだ初手で、思わぬ格差を見せつけられた。その精神的ショックは、仕切り直した後もずっと尾を引いたに違いない。

いわば無意識の自己暗示で、私に対するイメージを実像よりも大きく持ってしまったのだ。

実力が近い者同士の戦いでは、こうしたメンタル面の影響作用は馬鹿にならない。

スタートのつまずきは以後も挽回《ばんかい》しがたく、実際はほんの紙一重でしかない……しかしラードゥガにとってはどうしても超えられない差の前に、彼女は何度もマットに這《は》わされていった。

もう一丁と立ち上がり続ける不屈の闘志に対し、やがて有限である体力のほうが追いつけなくなった。ラードゥガはついに力尽き、大の字となって仰向《あおむ》けに転がる。

『うわー、マジ強っす……さすがっす、グラッカヤ先輩……ガチで尊敬っす』

ようやく息が整うと、ラードゥガはぺろりと舌を出して完敗を認める。ヘッドスプリングで素早く起き上がり、そのまま右手を差し出してくる。

『親しみをこめて、これからはアーニャ先輩って呼んでもいいっすか?』

『ああ、構わない』

満面の笑みを浮かべた彼女の手を、私は握り返した。

その瞬間、背骨を異様な悪寒《おかん》が這い登ってきた。

本能が警告を発する。思わず、握ったラードゥガの手を離していた。足は無意識にバックステップを選び、距離をとる。

『でもダッセェところだけ見せっぱなしなのは、アーニャ先輩に申し訳ないんで……今ちょっとだけ、後輩ちゃんの本気モードを見てもらってもいいすかね……？』

彼女の気配が、寸前までとは一変していた。

それまでにあった愛嬌《あいきょう》の下から、獰猛《どうもう》で邪悪な何かが姿を現そうとしている。豹変《ひょうへん》とはまさにこのことだった。

ゆらりと、ラードゥガが前に進み出る。私はそのぶんだけ後退しつつ、その変化を見極めようと目を凝《こ》らした。

おそらくは、《家《ドーミク》》の申し子という異名の由来となった何かが明らかになる。そして、私へとぶつけられようとしているのだ。

いったい、何が出てくるというのか——身体《からだ》が勝手に、未知への畏怖《いふ》と緊張で固くなっていく。額を流れ落ちる冷たい汗が、目の中へ流れこもうとしていた。

まずい。視界がふさがったその一瞬で、おそらく今の彼女との勝負は決まってしまう。

生理反射で下りていく瞼《まぶた》の動きを感じながら、私は——

『二人ともそこを動くな！』

訓練ルームに響いた保安要員の叫び声に、一切の緊張から解放されていた。

血まみれで倒れている新任教官を監視カメラが見つけ、非常事態が発生したと判断されたのだろう。武装した保安要員たちが雪崩《なだ》れこんできて、私もラードゥガもそろって取り押さえられてしまっていた。

『あちゃー、こりゃ残念っす。今度ぜひ、またあらためて挑戦お願いするっす！』

拘束されながらそう言ったラードゥガは、もうすでに元の明るい笑顔に戻っていた。

私もまた床に引き倒され、大男たちに制圧されていた。床に押しつけられる圧迫感で胸が潰《つぶ》れそうになりながら……私はあのとき、ラードゥガに何と言って返したのだろう？

思い出そうとするが、ひたすら胸が苦しくて何も浮かんではこない。

しかし、なぜこんなにも苦しいのだろうか。というか、やけに長く続いてないか。

夢であるはずなのに、まるで現実に胸が圧迫され続けているような迫真性を感じてしまう。

いったい、なぜ……


「う、う～ん……」

目が覚めると、目の前に猫の尻とピンク色をした＊がアップで見えた。

例によって、寝た私の胸にどっかりと後ろ向きに横たわったピロシキ。食欲の秋で体重が増えた彼に乗られた圧迫感は、日に日に増してきている。

私が寝返りを打つと、居心地が悪くなったピロシキはのそのそと私の上から下りていき、隣で寝ている旭《あさひ》姫の布団へ潜りこんでいった。

私はベッドから降り立つと、窓際までいきカーテンを少し開ける。

空を見上げた。

冴《さ》え冴《ざ》えと白い秋の月が、ミッドナイトブルーに澄んだ夜空を煌々《こうこう》と照らしている。この目にまっすぐ伸びてくるクリアな月光のまぶしさは、夏の間には感じられなかったものだ。

サッシ窓を少しだけ開けてみると、ひんやりと清涼な空気が髪をなでた。

乾いた風は落ち葉の匂《にお》いをふくんでいるが、身を切るような冷たさまでは感じない。

まだ、冬は来ていない――まだ、私はこの贅沢《ぜいたく》な猶予《モラトリアム》の季節に留《とど》まっていられる。

言葉にはならない幸せと罪の入り混じった味を、私はじっと噛《か》みしめていた。

Mission.2
オータム・エモーション

ねこメイ
1

翌日。

登校した私は上履きに靴を替えると、朝の登校ラッシュで混雑する廊下を教室へ向かう。

その間、何人かの顔見知りと朝の挨拶《あいさつ》を交わした。

名前すら知らない、他のクラスの生徒たちもまだまだ多い。

けれどこの学校へ来てはや七か月。春夏秋と三つの季節が巡った今、異邦人である私の姿も校内の風景にしっかり溶けこんでいるように思えた。物珍しげな視線で見られたり、何やら噂話《うわさばなし》の種になったりといった、浮ついた空気を感じなくなってもう久しい。

しかし。その朝、私を待っていたのはいつもとは違う風景だった。

二年一組前の廊下に、結構な人だかりができていたのだ。

しかもこの階に教室がある二年生だけではなく、上履きの色から三年生や一年生と思《おぼ》しき生徒たちの姿も見られる。否応《いやおう》なく異様なムードを感じさせた。

「あ、きたきたアーニャ」

廊下の人だかりに混ざっていた竹里《たけさと》が、私を見つけると近寄ってくる。

「これは何の騒ぎだ？」

「それがさあ、アーニャが原因らしいんだよね～」

「私が？」

竹里は事情を知っているようで、何やら期待感に満ちた笑みを浮かべている。

「まあ、いってみたらわかるって」

いったい何のことやらわからず、私は竹里に背中を押されながら教室へ入った。

すると、教室の中にはさらに人の輪ができている。しかもどうやら、私の席がある窓際列の中央付近が中心になっているらしい。

入ってきた私に気づくと、その人の輪が一斉にこちらを振り返る。

同時に、私の席に誰かが座っているのが見えた。

その人物と視線が出会う。

「――――」

昨日、廊下から感じたあの視線と同じだ。あれは、今そこにいる彼女のものだったのに間違いない。

私だけをまっすぐに見つめる、情熱と自信に満ちた強い眼差《まなざ》し。

「待っていたよ。アンナ・グラツカヤくん」

上級生と思しきその女生徒は、椅子からゆっくり腰を上げる。

腰まで届く長い黒髪が、さらりとなびく音が聞こえたような気がした。

人形みたいに顔が小さく、大きな黒目は見られていると吸い込まれそうになる。身長は一六五センチほどだろうか。手脚が長いスレンダー美人だ。

そして、ただ椅子から立ち上がっただけの動作なのに、驚くほど隙《すき》のない綺麗さを感じた。

指先に至るまで自分の意志が行き渡っているかのような、完璧にコントロールされた肉体の機能美……とでも言うべきだろうか。

一見しただけで、只者《ただもの》ではないと感じた。

「三年の上高地《かみこうち》綺《きら》だよ。よろしくね」

そう名乗った上級生——上高地綺先輩は、穏やかな微笑を唇に浮かべ右手を差し出してくる。

私はその手を握り返す。しっとりとした柔らかい手の感触に、思わずどきりとしてしまう。

そして、あらためて間近で見て思った感想は……

「……顔が良い」

思わず口をついて出てしまった、その一言である。超のつく美人だ。教室でこちらを注目している女生徒たちの、とろけるような熱い視線の理由にも納得がいく。

「うん、よく言われる」

そして何のてらいもなく、綺先輩はそう返してきた。

「君はとても率直な人なんだね。普通は内心で思っていても、いきなりは言わないもの」

「申し訳ない。私は、その……日常会話の機微というものに疎《うと》いもので」

「ほめているんだよ。私自身もそういうタイプだから、親近感がある」

顔の良い女は明良《あきら》で免疫はあるものの、それでも何というか物理的なまぶしささえ感じてしまうオーラを放っている。

「それで、先輩……私に何か用でも？」

私はようやく、最初に尋ねるべき質問を口にすることができた。

「――君がほしい」

悲鳴に近い歓声とどよめきが、周囲から一斉に上がった。

「演劇部の部長として、今度の羽衣祭《はごろもさい》で上演する部の劇に出演してほしいんだ。つまり、スカウトにきたというわけだね」

教室内の興奮は少し沈静化したが、今度は驚きのざわめきが新たに続いた。

私はというと、ひたすら純粋に困惑していた。

……スカウト？　演劇、だって？

「そのための礼儀として、今朝は君よりも早く登校して待っていた。このところ朝は冷えるからね。椅子も私の尻で温めておいたよ」

にこにこと笑う綺先輩の言葉は、どこまでが真面目《まじめ》で冗談なのかが摑《つか》みづらかった。

「なぜ私を？　そもそも私は、演劇などやったこともないのですが……」

「君に期待しているのは演技の経験じゃないよ。君という人間……つまり素材に、私はとても興味があるのだから。そのままの姿を魅《み》せてもらえれば、それでいいんだ」

困惑する私をよそに、綺先輩はよどみなく言葉を紡いでいく。

「あれは、今年の三月だったかな……君が転校してきた初日だった。昼休みが終わるころ、そこにいる彼女と一緒に階段を降りてくるアンナくんを私は見たんだ」

綺先輩《きら》は、ちらりと私の背後に視線を送る。そこには、いつの間にか登校してきていた小花《こはな》が立っていた。さっきまでの私同様、教室内の状況に面食らっている様子。

「あ、ええ……っ。王子——上高地《かみこうち》先輩ぃ!?」

遅れてどうやら、私と対峙《たいじ》している人物が誰かに気づいたのだろう。心からの驚きに目をまん丸に見開いている。

「そこの彼女が階段で足を滑らせたと思った、次の瞬間……稲妻が光った。信じられないものを見た、と思ったね。そしてそのときの、彼女を救ったアンナくんの信じがたい動きを見て確信したんだ。この少女は、本物なのだと」

私を映す綺先輩の瞳に浮かぶ光が、本物という言葉を口にした瞬間に豹変《ひょうへん》したように思えた。

「それはいったい……」

どういう意味かと私が問おうとしたとき。

ホームルームの予鈴が鳴りはじめ、誰もが息を止めていたような空気が一変するのがわかった。教室にざわめきが回帰する。

「放課後、演劇部の部室へきてほしい。待っているよ」

綺先輩は私にそう告げると、悠然《ゆうぜん》たる歩みで教室を出ていった。

とたん、教室内が大変な騒ぎになったのは言うまでもない。

怒濤《どとう》の質問攻めに翻弄《ほんろう》されつつも、私はそれにより彼女――上高地綺について嫌でも詳しく知ることとなった。

この鳥羽杜《とばもり》女子高校演劇部の部長であり、脚本家にして演出家であり、しかも看板女優《プリマドンナ》でもある大エース。

数々の演劇コンクールで受賞し、芸能事務所や大手の劇団からのスカウトがきているともいう。いわば、芸術の女神《ミューズ》に愛された女といったところか。

当然ながらと言うべきか、颯爽《さっそう》とした振る舞いや美貌《びぼう》に憧れるファンの女生徒は数多《あまた》いる。

校内で密《ひそ》かに定着している呼び名は『王子』。王女でも女王でもないところが、なんとなく彼女の印象にはしっくりくる。

「朝はほんとにびっくりしちゃったよお。まさか鳥羽杜女子《トバジョ》の王子様が、いきなり目の前にいるなんて思わなかったんだもん」

昼休み。いつもように互いの机を合体させ、梅竹《うめたけ》コンビを入れた四人組で昼食をとる。小花は、いまだ興奮醒《さ》めやらずといった様子だった。

「またアーニャさんも、えらい人に目をつけられちゃったもんだよねえ。ウチの生徒人気を二分する二大アイドル派閥の片方だもん。コハっち、もしかして推し変しちゃいそう?」

ちなみに、二大派閥というのは上高地綺派と久里子明良《くりすあきら》派ということらしい。

「うーん、わたしはやっぱり明良さん推しで変わらないかなあ。浮気はしないもんねえ」

「でもさ、もし演劇部《げきぶ》の出し物にも参加することになっちゃったら、文化祭当日はウチらと掛け持ちで大変じゃない？　アーニャ、大忙しだよ」

そんな仲間内の会話が、私の頭を素通りしていく。せっかく旭姫《あさひ》が作ってくれた弁当の味も、いつもより感じられない。意識はすっかり、放課後へと飛んでいた。

そうして、長く感じる午後の授業も終わり……

「アーニャ、ほんとに一人で大丈夫ぅ？」

「心配してくれてありがとう、小花《こはな》。だが問題ない」

心配半分、好奇心半分といった様子の小花と別れると、私は放課後の教室を出ていった。

私自身、一対一で上高《かみこう》地綺《ちきら》という人物と向き合ってみたい希望もある。

あのラードゥガの面影《おもかげ》を私に思い出させた、情熱と自信に満ちた私を見る視線。そこに宿る彼女の本質に、純粋な興味をひかれていた。

演劇部の部室として使われている、四階の視聴覚室を訪れる。

私は深呼吸を一つすると、防音構造になっている部屋の扉を開けて入っていく。

スライドプロジェクターやスピーカーなどの機材が設置された部屋は、机やパーテーションの衝立《ついたて》がすべて壁際に寄せられていた。まるでバレエなどの稽古場《けいこば》を思わせる、広々とした空間が中央に開けている。

その空間の奥、ホワイトボードを背にした演壇の上に綺先輩は立っていた。ほかの部員は誰もいない。彼女の整った顔には、朝見たものと同じやわらかく穏やかな笑みが浮かんでいる。

「来てくれてありがとう、アンナくん。今日はね、君と話すためだけに部の活動は休みにしてあるんだ」

まるで、私の疑問を先回りしたかのような言葉だった。

「朝の話でしたら、私の返事は同じです。演劇の心得がない私が、あなたの期待に応えることはできない」

「私のほうも変わらないね。私は最初から、君に演技を期待しているとは言ってないよ？」

綺先輩は悪戯《いたずら》っぽくそう含み笑いをもらすと、一番近くの机に置かれていた台本を取り上げ私に差し出してきた。

「これに目を通してみてくれないか。今度の羽衣祭《はごろもさい》で上演しようと思っている劇の脚本なんだ」

私はその一冊を受け取った。

劇のタイトルは未定。演出・脚本・主演には綺先輩の名前がクレジットされている。ページをめくって読んでいくと、どうやら原作はないオリジナルストーリーのようだった。

舞台は、どことも知れぬ古代の王国。やむにやまれぬ理由で国を裏切り逃走した戦士と、それを追って放たれた寡黙《かもく》な刺客《しかく》の物語だ。

物語は、戦士と刺客の対決を中心に描く追跡劇。熾烈《しれつ》な戦いと、二人の間に挟まるヒロインなど様々なドラマの数々が、後半にかけて観客を惹《ひ》きつけていく構成になっていた。

私は演劇に詳しいわけではないが、なんとなく舞台上で役者が仁王立《におうだ》ちになり、観客に向かって朗々とセリフを発するようなイメージがある。

個人的にいだくその印象とは、この劇の感触《かく》はかなり違った。セリフよりもアクションの比率がずっと高く、特に刺客のほうはセリフがまったくと言っていいほど存在しない。

「これは……」

「その刺客役、実は君をイメージした当て書きなんだ」

「当て書き?」

「あらかじめ演者を想定して脚本を書いたってこと。とはいっても、私が勝手にイメージを膨《ふく》らませた『アンナ・グラツカヤ』ではあるんだけどね」

そう言われてみると……確かに常に即断即決、一切迷わず事を実行する無感情な戦闘マシーンといった刺客の姿は、かつての私を思わせるものがあった。

「この劇で私が求めているものは、顔が良いだけの素人《しろうと》役者じゃない。君という本物――本当に、人間を倒せる戦闘力を持った肉体。そして、リアルな強さを表現できる精神なんだ」

本物の戦闘力――核心を衝《つ》くような言葉に、思わず心臓が跳ねた。

まさか、殺し屋だった私の正体を暴かれたのか?

いや、そんなはずはない。彼女は裏の世界とは無縁の、日本の女子高生でしかないはずだ。

「……あなたは、いったい私の何を知っている?」

思うつぼとわかっていても、私は相手の差し向けた餌《えさ》に食いつかずにはいられなかった。

「いや、何も知らない。いつか君が見せた奇跡のスーパーアクションに霊感《インスピレーション》を受けただけの、言ってみれば一方的なストーカーだよ……だから、これから身体《からだ》を使って直接知ってみようかと思う」

綺《き》先《ら》輩は微笑を浮かべ——構えた。

「実は、演劇人としての私は高校デビューでね。それまでは違う道を志し、邁進《まいしん》していた」

まるで弾丸すらも受け逸《そ》らし、雷光のごとくあらゆる敵をなぎ倒しそうな力感と瞬発性を秘めた構えが、目の前に出現していた。

垂直に立てまっすぐ前方へかざされた左の手刀。掌《てのひら》を上にして水平に寝かされ、ぴたりと胸元へ当てられた右の手刀。半身になって腰を落とし、大きく開いた前後の足に重心が半々で乗せられていた。重厚でありながら、羽毛にも似た軽捷《けいしょう》さを感じさせる。

伝統派空手の基本戦型の一つである、堂に入った手刀受けの構えを綺先輩はとっていた。

「こう見えて中学時代、空手道の大会で日本一になったことがあるんだ。いわゆるライトコンタクトの寸止めルールだが、実戦でも使える動きをある程度は極めたと自負している。人を殺傷したことなどはないし、君ほどの本物とまでは言わないけれどね」

彼女から伝わる気迫を、私の本能が先んじて感じてしまった。肉体が勝手に反応する。

二メートルは離れていたはずの綺先輩の顔が、いきなり目の前にまで迫っていた。

視界の下方に、蛇のごとくうねりながら迫る影。飛びこみと連動して放たれた蹴《け》りであった。私の懐《ふところ》へ向かうその一撃を、私は素早く後方へ跳んでかわす。

「素晴らしい反応だ……！　やっぱり君は、本物だったんだね」

綺《き》先輩の顔が、子供のようにうれしげに輝いていた。演劇の天才でもクールな女子高の王子でもない、これが彼女の素顔なのだろうか。

一方でその瞳には、本気の闘志がみなぎっている。つま先立ちになった綺先輩の足が、とんとんとスプリング仕掛けのように跳ねはじめた。

上下の小刻みな動きに魅入《みい》られそうになると、ふいにまた距離が消し飛んだかのように彼女が間合いに飛びこんできた。上下に動くフットワークに、この前後へ跳ぶ鋭いステップの予備動作を隠しているのだ。

私でさえ危うく幻惑されそうになる。間違いない、確かに綺先輩の動きは彼女の言う本物だ。それを見極めたところで、私は胸元めがけ飛んできた正拳突きを半身になってかわす。横へ移動した私を追って、すかさず彼女の手刀が走る。

ばしん、という肉を打つ鋭い音が響いた。

綺先輩の手刀は、それを正確に受け止めた私の掌《てのひら》にすっぽり収まっている。

私と彼女の視線が、至近距離でしばし見つめ合った。

やがて、綺先輩が感極まったような深いため息をつく。

「ふう……いきなり仕掛けて失礼したね。でもおかげで、とてもよ～くわかったよ」

手元に戻した自分の手をじっと見つめながら、綺先輩がしみじみとそう言った。

「凄《すご》いよ、アンナくん！　全盛期に近いスピードで挑んだつもりだが、君の目にはまるで止まって見えたんだろうね……これなら間違いなくいける！　きっと君となら、本気の擬闘《アクション》を舞台上で魅せることができる！　お願いだ、私に協力してもらえないだろうか!?」

そしてやにわに、冷静さをかなぐり捨てたような勢いで私の手を握ってきた。まくしたてる言葉の勢いと熱いエネルギーに、私はただただ圧倒されてしまう。

「本気のアクション……つまりそれが、あなたのやりたいことなのですか？」

綺先輩は力強くうなずく。

「そう。今度の劇で表現したいものは、研ぎ澄まされたフィジカルの鍔《つば》迫《ぜ》り合いと熱いパッションの爆発。頭でこねくり回したセリフよりも、本気でぶつかり合う魂と肉体で観客を魅了したいんだ！」

なるほど、と私は『刺客《しかく》』のセリフがほとんど存在しない理由を察した。

つまり綺先輩は、元格闘家としての直感で私自身がリアルに「人を倒せる」力を秘めていることを見抜いた――ということなのだろう。

「しかし……セリフがないとはいえ、それでも別人になりきる以上それは演技だと思う。私にはやはり、できそうにもないのですが」

私に寄せてあるとはいえ、それでもこの人物は私自身ではない。本性を偽《いつわ》ること自体は殺し屋として普通にやってきたが、決められたセリフをしゃべるのはまったくの初体験だ。

「そう？　やってみれば実に楽しいものだと思うけど。それにどんな役でも、よく掘り下げて考えてみれば必ずどこかに自分との接点は見つかるはずだよ。洞察力、役者にはそれが何よりも大事なんだ」

私の口にした不安を聞いているのかいないのか、綺《き》先輩《ら》はひたすら上機嫌そうにそう語る。まだやると承諾はしていないのだが……この人、相当にマイペースな性格のような気がした。

「演劇の魅力はね、アンナくん。私は、人生をもう一つ持つことができることなんじゃないかと思っているんだよ」

続く綺先輩の言葉が、なぜか私の中へ水のようにすっと入ってくるのを感じた。

「もう一つの、人生……」

そして、無意識に彼女の言葉を反芻《はんすう》していた。

「そう。誰しも人生は一度きりしか生きられない。けれど役を与えられれば、役者は自分とは違う別の人生を生きることができるんだ。自由に果てしなく、ここじゃない世界の夢を見るようにね。それは、とても素敵なことだとは思わないかな？」

別の人生——

かつての、そして今の私がイメージできずにいるもの。

綺先輩の言葉がなぜ自分に響いたのか、その理由を私は遅れて悟っていた。

「私はそんな演劇に夢を見たから、きっぱりと空手から足を洗ってこの世界に身を投じた。けれど、そんな私を裏切り者と思う昔のライバルたちも多い。私を指弾する声を聞くと、正直迷いや葛藤《かっとう》も生まれる……この逃亡の戦士役は、そんな私自身を投影したものでもあるんだよ」

そして、綺先輩はふとそんなことを漏らした。

「だから、私はこの役をとてもリアルに感じながら演じることができる。裏切りの罪悪感と、それでも成し遂げたい目的との葛藤。この劇のようにハッピーエンドになるのかどうかは、わからないけどね……アンナくんは、自分の役をそんなふうに感じることはできるかい？」

私は、あらためて台本のページをめくり読みこんでいった。

寡黙《かもく》な刺客《しかく》は、己に与えられた使命だけに従い逃亡の戦士を追いつめていく。

苛酷《かこく》な追跡行と繰り広げる死闘の中で、やがて彼女の中に芽生えていく別の想い。

その果てに、刺客は戦士が見た夢に共鳴していく。そして、自分もまた戦士《かのじょ》が夢見た願いを叶《かな》えてみたいと魂が目覚める。

いつの間にか、身体《からだ》が熱くなっているのを自覚した。台本を持つ指は、汗でしっとりと湿っている。

（これは……私だ）

まずは、私が演じる寡黙な刺客。こちらは最初から私をイメージしたというだけあって、なるほど当てはまる部分が非常に多い。

ユキによって新しい世界へ誘《いざな》われ、猫という未知なる概念に触れた殺人機械《キラーマシーン》。

あの人類の隣人が全身で体現する、自由とは何かという永遠の問いかけ。

けれど私はまだ、自由の先に待っているだろう自分の人生——夢を思い描くことができずにいる。そんな不器用な姿に生き写しだ。

のみならず、綺《き》先輩が演じる逃亡の戦士……裏切りの罪悪感と生きる希望の板挟みに苦しみ、それでも未来を目指そうと歩みを止めないその姿にも、私は感じ入るものがあった。

こちらはまるで、凛音《りおん》と出会った夏からの私そのままだったからだ。

刺客《しかく》と戦士。二つの役は、私がいだくそれぞれの葛藤《かっとう》が二分割されて投射されているかのようだった。

もちろん、綺先輩が私のリアルな事情を知るはずもないだろう。すべては、彼女の言う洞察力によってイマジネーションされたものでしかない。

だから……まるで自分自身をわかってもらえたかのような、この衝撃と感動は錯覚にすぎないとわかっている。

けれど、それでも——

「アンナくん……？」

「ああ、すいません。つい、引きこまれてしまった……」

「うれしいな。私の書いた脚本が、そんなに君の琴線に触れることができたなんて……私が描いたこの劇《ゆめ》を、一緒に形にしてくれるかい？」

私はうなずく。そして、綺先輩と右手同士を握りあった。

「明日からさっそく舞台稽古《げいこ》だ。羽衣祭《はごろもさい》まであと半月しかないけど、君と私なら必ずできる！」

それから——

羽衣祭までの私の時間は、非常に濃密なものとなっていった。

放課後はひたすら、綺先輩相手の稽古が待っている。私の役は彼女演じる『戦士』以外との絡みはほぼないので、必然的にマンツーマンでの特訓になった。場所も部室ではなく、体育館の一角を借りてやっている。

それも舞台演劇らしいセリフの発声訓練などではなく、ある程度の段取りを決めた上でのアドリブの擬闘《アクション》がほとんどだった。傍《はた》から見れば、完全に格闘技のスパーリングにしか見えないだろう。

始めるに当たり、綺先輩とあらかじめ取り決めていたことがあった。

「本気で当てるつもりでやろう。私はそのつもりでいくし、アンナくんにもそうしてほしい。当たってしまっても仕方ない、互いのその覚悟が迫力となって観客に伝わるはずだ」

とはいえ、私のほうは当然ながら密《ひそ》かに手加減はしている。

私が身につけた技はすべて人体の急所を狙うものだが、それではあまりに危険すぎるからだ。狙う箇所は、万が一当たってしまった場合に備え必ず急所を少しずらしてある。

また私のほうは、致命打を受けてもダメージを逃がす身体《からだ》の使い方が反射神経に染みついている。一般人である綺《き》先輩に同じ芸当を期待するのは危険なので、繰り出す威力それ自体を五割ほどにセーブしてあった。

初めて私が経験する、演劇の擬闘《アクション》というもの。

それは純粋に身体を動かす快感と、相手と共同で何かを作り上げる創造の喜びが同時に感じられるものだった。

(楽しい……！)

段取りどおりに攻防が決まった瞬間は、殺伐《さつばつ》とした実戦では決して得られない爽快感《そうかいかん》がある。没頭していると、このところの鬱屈《うつくつ》を忘れることもできていた。

また綺先輩の繰り出す動きはすべてが美しく切れがあり、手を合わせているとつい見とれてしまいそうになる。伝統派空手には型の美麗さを競い合う部門もあると聞くが、確かにその完成された身体操作の技術は人を魅了するものがあった。

そんな彼女の動きと同調していくうちに、私自身も熱くなり、たまに加減を忘れてしまいそうになる瞬間もあった。

「あっ――」

一度、無意識に本気の七割ほどの威力で放った蹴《け》りが、綺先輩の頭にヒットしてしまったことがあった。思わず小さな悲鳴が口から出る。

彼女は、くらりとよろめき片膝《かたひざ》をつく。心配しながら様子を見守っていると、やにわにこちらを見上げ、子供っぽくもうれしそうな笑顔を向けてきた。

「……今の私のダウンの仕方、本番でも使えるなあ！　うん、リアリティがあった！」

そして、嬉々《きき》としてそのまま稽古《けいこ》を続けていったのだった。役者というのは、みんなこんなにポジティブで貪欲《どんよく》な人種ばかりなのだろうか？

体力と精神力のどちらも激しく使う、そんなハードな稽古を繰り返す日々の中……

「ちょっとアーニャ、最近なんか痣《あざ》だらけじゃない？　学校でなにやってるのよ？」

帰宅後の夜、一緒に入浴する旭姫《あさひ》が私の裸体を見てびっくりすることもあった。

「実は、文化祭で演劇部がやる舞台に出演することになった。その劇で演じる擬闘《アクション》を毎日稽古しているんだ」

私がそう説明すると、旭姫の顔が湯気の向こうでぱあっと輝く。

「なにそれ、超面白そう～。あたし、絶対観にいくからね！」

「演技は素人《しろうと》なんだ。あんまり期待しないでもらいたいが……」

観にきてくれるのはうれしいが、妙にプレッシャーを感じてしまう。旭姫は結構、遠慮《えんりょ》なくシビアな感想を言ってきそうだし。

「大根演技だって、いいのいいの。アーニャって、きっと舞台に上がったらめっちゃ華があるだろうし。そういう、存在感で魅《み》せるタイプの役者さんだっているでしょ？」

そんなものだろうか。演劇の世界も、私が想像するよりなかなか奥が深いようだ。

そうして秋の深まりを日々感じる中で、瞬《また》く間に月は移ろい一一月に。

鳥羽杜《とばもり》女子高校、秋の文化祭——羽衣祭《はごろもさい》の日はやってきたのだった。

当日の朝一番から、私は『ねこメイド喫茶』のキャストとして戦闘服あらためメイド服に身を包んでいた。二年一組の教室は、前日の放課後いっぱいを使って改装を終えてある。

「わあ、アーニャかわいい！」

お客を入れる前に、小花《こはな》がスマートフォンで私を撮影してきた。彼女の視線に自分が切り取られることを意識すると、妙に胸が弾んで落ち着かなくなる。

「ど……どうですか、梅田《うめだ》？　変ではねーですかね？」

その一方。教室の片隅では、衣装への着替えを済ませたペルシスが恐る恐るパーテーションの後ろから姿を見せた。色白の頬《ほお》は羞恥《しゅうち》と緊張に紅潮している。

私のものと似たテイストの、黒と白のゴシックロリータ衣装。

メイド服姿のペルシスは、ショートボブの黒髪と相まってとてもシックな印象を醸《かも》し出していた。まるで等身大の精巧なフィギュアのようだ。

「お、おお……」

それを一番に見せられた梅田は、普段は糸のように細い目を見開き固まっていた。

「うわやばっ」

「は……はあ⁉ そこまで壊滅的に似合ってねーということですか⁉」

「あーいやいや、やばいってのはその逆だよ！ 自分で推薦しといてなんだけど、ここまでのハマり具合だとは思ってなくてさ……やー、ほんとやばいわ～」

梅田は、ようやく初見の動揺が収まってきた様子だった。

「うん！ リンジー、めっちゃかわいい！ ベリーキュート！ これはガチで推せるね、惚《ほ》れちゃいそう！」

そして笑顔のサムズアップとともに、向けられた直球すぎる称賛《しょうさん》。ペルシスは一瞬にして耳まで赤くなっていた。

「ッ……まったく、梅田は本当に……ボキャブラリーってものが壊滅的に少ねーですわね！ もう少しウィットに富んだスマートな表現はないのですか？ そんなあからさまに言われても、こちらとしては……」

「照れちゃうって？」

「だ、誰が照れてますか！ こっちまで恥ずかしくなってくるからクソ迷惑ってことです！」

「リンジーは相変わらずだな～」

「人の話を聞きくされ脳筋女ァ!!」

梅田《うめだ》とペルシスの、噛《か》み合っているのか合ってないのかよくわからないやり取りが聞こえてくる。

すっかりクラスの名物になってきたそれを横目に、私は小花《こはな》やクラスメイトたちと共同で今日の主役たちに登場を願う。運びこまれたキャリーケースが開放されていくと、魂がとろけてしまうようなあの生きものたちの鳴き声が教室中に響きはじめた。


小花の実家である『松ねこ亭』から臨時出張してきた、四頭《にん》の猫キャストたちである。

ミルクティーのような薄い褐色をした茶トラのラテ。鼻の下に口髭《くちひげ》っぽい黒毛が生えた三毛猫のチョビ。小柄で遊び好きな黒猫のキキ。亡きモーさんを超える七キロの巨体を誇り、走っているところを一度も見たことがないキジトラの文鎮《ぶんちん》という陣容。


松ねこ亭の中でも、特に人馴《ひとな》れしていて穏やかな性格の面々が選ばれてきたようだ。

初めて見る教室の中を、開拓するように探検しはじめる者。猫スペースに設置されたキャットタワーや床マットの上で早速くつろぐポジションを探す者。めいめいの反応を見せる猫たちの鳴き声を聞きつけてきたか、隣のクラスからも生徒たちが見物に現れている。

「心配してたんだけど、猫アレルギーは割と平気そうだねえ。おハナも出てないし」

「うむ。最近、症状が軽くなってきている。これぐらいなら接客に支障はきたさないだろう」

喫茶店スペースの準備は、竹里《たけさと》とエニュオーを中心にホールスタッフのアルバイト経験がある生徒たちが手際よく進めていた。

「エリ、こっちはもう大丈夫だよお？」

「オッケー。そろそろ客入りスタートしよっか。ウメ、全体の仕切りは任せたから」

「よっしゃー！　じゃあアーニャさん、リンジー。ねこメイド式ウェルカムコールのほうはもうバッチリかな？」

来店したお客をもてなす、謎の儀式。ペルシスが露骨《ろこつ》に嫌そうな顔を浮かべている。

「本当にやらなきゃなんねーのですか？　地獄みてーなアレを……」

「そりゃもちろん！　むしろ、やりきったほうが恥ずかしさはなくなるよ？」

「それは言えているかもしれない。戦場では迷いが命取りになる。ペルシス、覚悟を決めろ」

「はあ……アンナ様は、その格好自体は慣れてますからいいですわよね……」

あきらめのため息をつくペルシスをよそに、テンション高く梅田が音頭をとる。

「じゃあいきますよ～……『いらっしゃいませニャン、ご主人様♪』」

「『いらっしゃいませニャン、ご主人様♪』」

私とペルシスが、梅田に続いた。

招き猫のポーズにした両手を耳の横に添え、『ニャン』のタイミングで上体を柔らかく二五度横へ傾斜させ表情筋を動かし笑顔を作る。家で何度も練習を積んだ私の動きは、完璧だった。

そんな私に比べると、ペルシスは明らかに動きの精度が悪かった。思いきりがなく腰が引けているので、猫っぽい柔軟性を表現しきれていない。笑顔も完全に硬直していた。

「もうすでに死にてーです……」

「がんばれペルっち〜」

涙目のペルシスを、エニュオーが無責任に励ましている。竹里《たけさと》とも息はバッチリ合っているし、カフェスペースのほうは彼女らに任せていても万全のようだ。

「はーい、ではお待たせしました！　二年一組ねこメイド喫茶、開店オープンで〜す!!」

高らかに梅田《うめだ》が放つ宣言とともに、ねこメイド喫茶は営業を開始した。

開店とオープンって一緒じゃん、という竹里の絶妙なタイミングのツッコミにクラスメイトたちが爆笑。なごやかなムードの中、来校した地域住人や生徒の家族たちが客として教室を訪れる。

午前中そして午後と、我が二年一組ねこメイド喫茶はかなりの盛況を見せていた。さすがは人間を喜ばせることに特化した謎生物・猫ならではのポテンシャルとしか言いようがない。

何の芸をするわけでもなく、役に立つわけでもなく。ただ思うがままに過ごす彼らの姿を見るだけで、誰もが笑顔になっていく。

そんな不思議な魅力を有した存在が、この世に二つとあるだろうか。

しかも彼らは希少種でもなんでもなく、人間の生活圏に隣接したり時には重なったりして生息するありふれた隣人にすぎないのだ。

NYAN♪
アーニャ
ペルシス

自分たちに、自由や幸福という感情を思い出させてくれる他種族が、振り向けばすぐそこにいてくれる。

そのように情緒的な生物と生物の共生関係が、この地球……そして宇宙の生態系に果たしてどれほどの確率で存在するというのだろうか？

私には、人類と猫のそれは奇跡の確率で結ばれた組み合わせであるとしか思えない。地球人類は、この宇宙においてなんと祝福された知的生物なのだろうと。

そして……だとしたら、人間はもっと猫を大切にしなければならないはずだと私は思う。

この最良の隣人が日々健《すこ》やかでいられる世界は、そのまま我々が笑顔になれる世界でもあるのだから。そこには、人類という種の全体幸福を生産するメカニズムがある。

教室内に満ちる、猫たちを囲むお客さんたちの笑い声と喜びの顔を見ていると……ふと、そんな妄想めいた感慨に浸らずにはいられない。

彼女が姿を見せたのは、そのときだった。

まるで私の、そんな行きすぎた猫贔屓《ねこびいき》を戒《いまし》めるかのようなタイミングで。

「――――」

雫石《しずくいし》凛音《りおん》。

教室内に入ってきた彼女と視線が合うと、凛音は私に向けてぺこりと会釈《えしゃく》した。

よく見れば、そのかたわらには旭姫《あさひ》もいる。凛音だけではなく、二人で私のいる羽衣祭《はごろもさい》へ遊びにきたということらしい。ローティーンの二人はファッションもおしゃれで、一緒にいる姿はとてもお似合いで絵になる。

以前に明良《あきら》から聞いた話で、凛音が猫をどう思っているのかを私は知っていた。

誰をも笑顔にするような猫の祝福は、彼女にはついぞ訪れなかったということを。それどころか不幸に働き、そのせいで猫そのものを嫌うことになってしまったのだとも。

そこには凛音の生い立ちに関わってくる事情があり、明良から聞かされたときには無理もないと私も納得した。

そんな彼女が、よりによって猫がいる場所へやってきてしまうとは……一緒にいる旭姫は終始笑顔で凛音へ話しかけている。どうやら、私を訪ねてきた旭姫に連れてこられたというわけらしい。凛音の事情を知らないとはいえ、旭姫も罪なことをする。

凛音もまた、明るい笑顔を旭姫へ向けていた。猫を前にしても、嫌がる様子は欠片《かけら》も見せていない。けれど被虐待児童だった彼女は、自身の本質を装《よそお》い周囲におもねる習性を身につけている。きっと今は複雑な心境でいるのだろう。

「アーニャ〜。凛音ちゃんと一緒に観にきたよ。このあと劇にも出るんでしょ？」

「お久しぶりです。アンナさんの舞台、わたしも楽しみにしてますね？」

旭姫と一緒に、凛音もまた私のほうへやってくるとそう挨拶《あいさつ》してきた。微笑を浮かべた表情はとても自然で、私に対するわだかまりのようなものは一切感じない。

やはり問題は、彼女へいだいてしまう一方的な負い目を克服できない私自身にあるのだ。

「凛音《りおん》……」

必要なのは凛音――私自身の影と、直接向き合ってみる勇気なのではないか。

心に湧き上がった情動のまま、思いきって彼女へ話しかけようとしたとき。

『二年一組のアンナ・グラツカヤさん。第二体育館までお越しください。演劇部の上演準備時間が間もなく始まります』

スピーカーからのアナウンスで、私への呼び出しがかかってしまった。演劇部の上演準備が始まるのだ。劇は羽衣祭《はごろもさい》の終幕イベントとなる出し物なので開演までまだ間があるが、衣装合わせやらの事前準備がそれまでにいろいろとある。

「小花《こはな》、ペルシス。私は演劇部の出し物に参加しなくてはならない。すまないが、後のことはよろしく頼む」

「うん、いってらっしゃあい。後で絶対観にいくね！」

「いってらっしゃいませ、アンナ様。後はどうぞおまかせを」

パーテーションの裏で服を着替えてから、教室を立ち去りかけ……

「凛音」

「は、はい」

最後に凛音に声をかけた。彼女は少し驚いた様子で、こちらを見てくる。

「今日の舞台、最後まで観ていってほしい」

あらためてそう言い告げ、私は今度こそ教室を出ていった。

人出でにぎわう廊下を歩き、第二体育館へ向かう。その途中、スマートフォンが振動した。

液晶画面の発信者表示には、久里子明良《くりすあきら》の名前。少し迷って、通話を受けた。

『もしもしアーニャちゃん？　凛音のことで話があるのを思い出したんだけど、もしかして今、忙しい？』

混雑する廊下の喧騒《けんそう》をスピーカーごしに聴きつけたのか、開口一番そう訊《き》いてきた。

「少しなら問題ない」

『わかったわ。それで話っていうのは――』

歩きながら明良からの話を聞き終え、通話を終えた。

胃の底には、硬い石を飲み込んだような悪寒《おかん》がどんよりと巣食っている。

彼方《かなた》から吹きつける不吉な北風にも似て、血を凍らせる冷たい不気味さを感じる一報だった。

まだ、確実にそうと決まったわけではない。だが、もしこの予感が的中したなら――

（いや……今はこの舞台だけに集中しよう）

凛音に関する明良からの連絡。それは軽視できない問題を孕《はら》んでいたが、今の私が為《な》すべきミッションはこの劇を成功させることだ。

私を信じてくれた、綺《き》先輩との約束を果たすために。

第二体育館は講堂を兼ねた本体育館よりも小さく、主に雨天でグラウンドが使えない日の運動部が使用することの多い建物だ。本体育館とは連絡通路で繋《つな》がっている。

今その場所は、様々な大道具が運びこまれた演劇部の控室になっていた。特に私をはじめとした出演キャストは、衣装着付けやメイクで大忙しだ。

私は鏡台の前に座って台本の最終確認をしながら、メイクアップ担当の部員に髪型や化粧をセットしてもらっていた。通し稽古《ゲネプロ》はもう済ませてあるとはいえ、本番を前にすると緊張はどうしても高まってくる。

「グラツカヤさん、結構緊張してる？　初舞台なんだから当たり前よね」

そんな私の状態を目ざとく見抜いたか、隣にいた副部長の二年生が話しかけてくる。彼女は、綺《き》ら先輩演じる逃亡の戦士・風《フオン》の安否を案じる恋人・小麗《シヤオリー》役を演じていた。

「キラさんの思いつきに振り回されて、災難だったわね。あの人、いつも思い立ったあとの行動力が凄《すご》いから。周りは付いていくのが大変なの……おかげで毎日が楽しいけど」

「本当に私でよかったのだろうかと、まだ少し考えている」

私が答えると、副部長は微笑を浮かべ首を横に振った。

「大丈夫！　こういうときの部長《あのひと》の目に間違いはないから。自分に自信を持って？」

彼女は私を励ましたかと思うと、その微笑がふと寂しげなものに変わるのが見えた。

「実はね、台本の草稿はちょっと前から完成していて……もしグラッカヤさんが断ったら、私が刺客《しかく》の雷《レイ》役に立候補しようと思ってたの。役に備えて、夏休み中はずっとフィジカルトレーニングとアクション演技の勉強をしてて。最後の花道でちょっとでもキラさんをビックリさせて、次は私が部を引っ張っていくアピールができたらいいなって思ってたんだけど」

「それは……部外者が出すぎたことをした」

「ううん、そうじゃないの！　稽古《けいこ》で二人の動きを見て、一瞬であきらめついたから！　うわ、この世界に付いていくのは絶対無理だって」

慌てたように、副部長がそう付け加える。

「それに……部長には、最後まであの人らしくやりたいように思いきり暴れてほしい。そっちの気持ちのほうが、私にはずっと強いから……キラさんの理想を叶《かな》えてくれてありがとう、グラッカヤさん」

「光栄だ。こちらこそ、よろしく頼む」

副部長の秘めた思いを託されたような気がして、私は新たに身を引きしめる。

やがて舞台設置と衣装合わせがすべて終わり、開演の時間もすぐそこに迫ってきていた。

「みんな、あらためて聞いてくれ。今回の羽衣祭《はごろもさい》をもって私、上高地《かみこうち》綺は演劇部を引退する。今日まで付いてきてくれて、感謝にたえない」

集まった演劇部全員の前で、風《フォン》役の衣装に身を包んだ綺先輩《きら》が声を放つ。

「今後は、新たに部長を襲名する五十嵐《いがらし》にまかせる。私とは違って真っ当に話が通じる常識人だから、みんなの苦労もいろいろと減るんじゃないかと私は思う！」

笑いが起こる中で、副部長の二年生がぺこりとお辞儀。綺先輩は、私のほうへと向き直った。

「そして、アンナくん……ほんとうに、君がいなければこの舞台は成立しなかった。演劇の世界に飛びこんできてくれて、ありがとう。今日までに流した汗を大輪の華と咲かせ、観客に魅《み》せつけてやろうじゃないか」

「はい、綺先輩。やってやりましょう」

私たちが固い握手を交わすと、演劇部員たちによる拍手が起こった。

そしてやってきた、開演時刻とともに——

「お待たせしました。ただ今より、本年度羽衣祭《はごろもさい》の最終演目、鳥羽杜《とばもり》女子高校演劇部による創作劇『ＷＩＮＤ《ウインド》＆ＴＨＵＮＤＥＲ《サンダー》』を上演いたします」

放送部員によるアナウンスが本体育館内に響くと、観客の拍手が鳴り響く中で舞台の緞帳《どんちょう》が開かれていった。

かくて、劇は始まった。

綺先輩演じる風が所属する帝国軍部隊による、とある辺境の村に対する虐殺行為。命令と良心の板挟みに苦悩しながら、ついに村人を守って反逆の刃を抜く風。そして逃亡で終わるフアーストシーン。

次いで、恋人である小麗《シャオリー》との平和だった過去を再現する風の回想シーン。それらを経て場面は暗転し、いよいよ私が演じる皇帝の刺客《しかく》・雷《レイ》の初登場シーンがやってくる。

風の暗殺命令とともに授けられた王家の双剣を受け取るや抜刀し、セットで用意されたハリボテの柱を一刀の下に切断する。

あらかじめ切断部分で接合された柱の上部分が、舞台裏から紐《ひも》で引かれて倒れこむ。同時に地響きめいた効果音。派手な演出効果に、観客が沸く。

抜刀のアクションも、何度も練習したとおりの切れ味で演じられた。問題はない。

そして斜め四十五度上の虚空《こくう》をにらみつけ、殺気とともに初ゼリフを披露《ひろう》する雷。

『……カナラズヤギャクゾクノクビヲ、ミヤコヘモチカエッテマイリマス』

拙《つたな》いセリフ回しに少しでも迫真性を与えるために、かつてロシアの犯罪組織で実際に行った暗殺任務を脳裏に浮かべながら演技をした。

どうにか形にだけはなった気がするが……客観的に自分の演技を見る余裕などはなく、私は退場すると次の登場シーンに備えて小道具の準備をする。

舞台上では、逃避行を続ける風の場面が続いていった。それに並行して、恋人の小麗もまた風を追って旅に出る。

そして、ついに雷が風に追いついたシーン。荒野の書き割りセットを背景に、綺先輩と私が初めてこの劇の中で向かい合った。

薄闇に覆われた客席から、待ってましたとばかりの拍手と歓声が上がる。旭姫《あさひ》や小花《こはな》の声が聞こえたかどうかまではわからない。

『ほほう、どうやら都でも相当の手練《てだ》れを選んでよこしたようだ。この私もずいぶんと皇帝に見込まれたと見える。あるいは、武芸大会の覇者が国を捨て逃げおおせては帝国の名折れということか……剣を交える前に名を聞かせてくれないか、刺客《しかく》殿』

『ウラギリモノニ、ナノルナナドハナイ』

長ゼリフも朗々と感情豊かにこなす綺《きら》先輩に対し、私はほんの一言二言をトチらず言い終えるだけで精一杯だった。しかも棒読みもいいところだが、感情に乏しい殺人マシーンという設定で助けられている。

だが、このあとはセリフなしで一気呵成《いっきかせい》の擬闘《アクション》ラッシュだ。そのための練習は、お互い痣《あざ》だらけになるまでとことん積んでいる。

(さあ、魅《み》せてやろうアンナくん!)

綺先輩の瞳が、私にしか聴こえないささやきとともに鋭く光を放つ。

私と綺先輩——いや雷《レイ》と凨《フオン》は、剣と格闘をミックスさせた超高速の剣戟《けんげき》アクションを開始したのだった。

斬撃《しゆけん》と手拳の応酬《おうしゆう》。互いに紙一重で見切っての捌《さば》き合い。本気で放つ蹴《け》りと蹴りが乱れ舞う立体的な攻防。互いの位置を一瞬にして入れ替える、全身のバネをフルに使った跳躍。

私たちは一秒たりとも止まることなく、入念にシークエンスを練り上げた擬闘《アクション》を観客へと披露《ひろう》していく。音響スタッフによって挿入される効果音のタイミングも、完璧だった。

客席は一瞬、呆気《あっけ》にとられたように息を呑《の》んで静まり返り……やがて、驚きと興奮の歓声で私たちに応えてくれた。

攻防を交わす中で綺先輩と目と目が合い、手応えを無言で嚙《か》みしめる。

そして初対決となる擬闘《アクション》のクライマックス。すれ違った瞬間に私が投げつけた剣を、綺先輩が背中を向けながら後ろ手でキャッチ。振り向きざまに私へと投げ返す。

そこまでは見事に成功し、観客の悲鳴じみたどよめきが聴こえた。そして返ってきた剣を私がもう一度キャッチし、その剣で先輩へと斬《き》りかかるシークエンスがやってくる。

私が放った斬撃を、綺先輩は開脚で身を沈めて空振りさせ、カウンターの足払い蹴りで私を転倒させようとする。それをさらに私がジャンプでかわし、再び離れて対峙《たいじ》する——というのが、段取りで決めた流れだった。

が、そこでアクシデントが起こった。

しゃがみながら繰り出す綺先輩の足払いが、段取りよりも一呼吸ぶん速い。客に乗せられテンションが上がったせいか、自然とテンポアップしてしまったようだ。

一拍速い先輩の蹴りは、ジャンプする直前で私の足首を直撃。ちょうど跳ぼうと浮きかけたタイミングで当てられたので、私はバランスを崩し背中から倒れこんでしまった。

失敗——綺《き》先《ら》輩の表情が、痛恨のミスに凍りつく。

だが私はとっさに、転倒の勢いをさらに加速させる。そのまま後方へ大きく仰《の》け反《ぞ》り、バック宙で空中を回って着地してみせた。

体操選手じみた私のアドリブアクションに、客席から大きな歓声が湧き上がる。先輩と流れどおりに対峙《たいじ》すると、雨音のような拍手が体育館の屋根に響き渡った。

安堵《あんど》と、私の機転に対する称賛《しょうさん》に先輩の瞳が輝いている。私もなんとか破綻《はたん》を回避し、顔には出さずに胸をなで下ろした。

（いくよ、アンナくん……君の見せ場だ！）

声には出さない先輩の言葉が、聞こえた気がした。ここからはシーンの締めだ。

戦う中で断崖《だんがい》に追い詰められた風《フオン》に対し、雷《レイ》がとどめを刺そうと突進する。

そこで間一髪の逆転が決まり、逆に雷が断崖から落ちてしまうのだ。

『ぐわあああああ』

可能な限り迫真の叫び声を上げながら、私は高い位置に組まれた足場から断崖セットの後ろ側に身を投げフェードアウト。セットの裏で用意されていたクッションマットの上に落ち、受け身をとった。

「ふう……」

私はひと仕事を終えた達成感で、思わず心からのため息をついた。舞台の裏手に回ると台本を改めて確認し、次の登場シーンに備える。

次の出番は、ある意味で最大の難所とも言えた。アクションが一切ない、演技のみのシーンだったからだ。

崖から落ちた雷は河に流され、気を失ったまま下流に漂着する。その雷を助けてくれたのは、風を追って都からはるばる旅してきた小麗《シャオリー》だったのだ。

ここでの私は、ひたすら小麗――五十嵐《いがらし》副部長の演技力に頼って凌《しの》ぐことに専念した。私のセリフ回しは相変わらずボロボロだったが、副部長の巧みな演技でどうにかカバーしてもらう。

そして……劇は、いよいよラストシーンへと。

風との最後の対決を終えたあと、雷はここまで同行してきた小麗を風の元へと返す。

それから、雷が倒されたという誤報が伝わり派遣されてきた暗殺部隊の前に単身立ちふさがるのだった。

『いけ、風。小麗。振り返らず、まっすぐに』

『なぜだ、雷!?　貴様まで裏切り者になるというのか!?』

『俺には、夢がない。明日さえ知れぬ殺し屋は、夢を見ることなどできないからだ』

そのセリフには、今日発した中で一番感情を乗せることができていた。

『俺は道中、小麗から彼女の夢を聞かされた。風と平和に暮らしたいという、幼いころからのささやかな願いを。そして風《フォン》、いつか争いのない国を創りたいというおまえの夢もな……ならば俺は、それを守りたい。こんな血塗られた宿命の俺でも、誰かの夢を守って戦うことはできるから。おまえという自由な風《かぜ》が明日の世界に吹くことが、俺という明日を知らない雷《いなずま》がこの世を生きた証《あかし》になるんだ』

なぜならそれは、まぎれもなく私——雷《レイ》という役ではなくアンナ・グラツカヤ自身として発した本心の言葉であったからだ。

『雷……！』

『いけ、風——ッ!!　振り返るな、小麗《シャオリー》——ッ!!』

客席に向かって双剣を振り上げ、雄叫《おたけ》びを上げる雷。

軍馬のいななきと、多数の矢が雷めがけて唸《うな》り飛ぶ効果音。

照明が一基ずつ消えていき、やがて舞台は暗転する。

しばらくの間を置いて、照明が復帰。エンディングの音楽が流れ、その後の幸せな風と小麗の人生模様が描かれていく。

夢を持たない雷《いなずま》は生涯にただ一度、己の命を燃やして閃光《せんこう》となった。

自由を夢見た風《かぜ》は、今日も世界のどこかで吹き続けている。一瞬の閃光に生きた雷の物語を、人々へ永遠に語り継ぎながら。

体育館が万雷の喝采《かっさい》に包まれる中、終劇の緞帳《どんちょう》は幕を閉ざしていく。

私の羽衣祭《はごろもさい》もまた、ここに終わりを告げたのだった。

カーテンコールが終わったあと、楽屋である第二体育館では演劇部員全員が集まってのささやかな打ち上げが行われていた。紙コップに注がれたペットボトルの飲み物で乾杯し、大量に買いこまれたフライドチキンやスナック菓子、コンビニのおにぎりなどでみんなが腹を満たしている。

「アンナくん、お疲れさま！」

着替えを終えた綺《きら》先輩が、私のほうへとやってきた。その顔は醒《さ》めやらぬ興奮に輝いている。

「衣装やセットに予算を使いすぎてしまって、こんなものですまないが大いにやってくれ」

「ありがとうございます。ですが、友だちが待ってくれているので今日は帰ります」

不義理かとも思ったが、私はあくまで今回だけの助っ人であり部外者。長居は無用だろう。

「そうかい？　それは残念だけど……風《かぜ》と雷《いなずま》は、あくまで一瞬だけの出会いだったというのも劇的でいい別れ方かもしれないね」

綺先輩はふわりと笑うと、私の背中に長い腕を回しぎゅっと強く抱きしめてきた。

「短い付きあいだったけど、君とすごした時間は忘れないよ」

「私も同じです……あなたと出会えて、自分の進むべき道が少し見えてきたかもしれない」

私からもハグを返し、綺《き》先輩にそう答えた。抱きあう私たちを見て、あちこちから歓声やら口笛が飛んでくる。

「さようなら、異邦人《エトランゼ》。君に幸あれ」

「さようなら、王子様。遠くから活躍を見守っています」

そうして私は上高地《かみこうち》綺と演劇部に別れを告げ、体育館を立ち去っていった。

青紫色の宵闇《よいやみ》が落ちた、河川敷の上を通る突堤《とってい》の道。

私は待ち合わせ場所である河の水門前へと、暗い夜道を歩いていった。

やがて水門の建物が見えてくる。その下の河川敷に、ぽつんとたたずむ人影も。

自然と速まっていく鼓動を感じながら、私は土手を降りていきそちらへ向かった。

「待たせたな、小花《こはな》」

手元のスマートフォンに目を落としていた小花の横顔が、すぐにこちらへと向く。

「あっ、アーニャ！　お疲れさまあ」

そして、いつものように明るい笑みを満面に浮かべた。

自分の家に帰ってきた――そんな感慨を思わずいだいてしまう、安らぎに満ちた笑顔。

演劇という冒険を終えた私を、小花のその笑顔が何よりねぎらってくれたような気がした。

「かっこよかったよお！　映画観てるみたいで、アクションがバチバチに凄《すご》かったなあ。梅《うめ》ちゃんもエリも、凄すぎて隣でずっと口開きっぱだったし……あと最後のシーン！　わたし感動して泣いちゃったもん！」

「それはよかった……私のセリフはあそこ以外ひどかったが、綺先輩の脚本のおかげだろう」

私がそう言うと、小花が思い出したようにくすくすと笑う。

「そうそう、セリフ！　最初のほうのとか、めっちゃ危なっかしかったよねえ。なんかわたし、子供の授業参観にきたお母さんみたいでハラハラしてたよお。でもアクションになったら超かっこよくて、ギャップがエグかったあ」

どうやら小花には楽しんでもらえたようで、私は満足していた。それだけでやった甲斐《かい》があったと思える。

「でえ。これからどうしよっか？　駅前に出てごはん食べいく？」

「それもいいが、演劇部の人たちがお土産《みやげ》を持たせてくれた。せっかくだから、これをいただかないか？」

私は、手に持つビニール袋の口を広げてみせた。中には打ち上げのおすそ分け……コンビニのサンドイッチやホットスナック、ストローで飲むドリンクなどがゴロゴロと入っている。

「わあ、デザートもあるねえ。じゃあ、ちょっと風があるけど、ここで一緒に食べよっか」

河川敷の石段に並んで座り、吹きさらしの夜空の下で二人きりの晩餐《ばんさん》。

夜は暗い。離れた場所から届く常夜灯の光が、スポットライトのように淡く私たちを照らしていた。前方を流れる河の黒い水面に、対岸の街灯りが天国の景色みたいに揺れている。ひんやりとした夜風の中には、河川敷で揺れる枯れ草の匂《にお》いのほかに、隣で小花《こはな》が食べているフライドチキンの香ばしいそれが混ざっていた。

その中で……

「小花」

私はふと、このところずっと頭の片隅にあった問いを小花に向ける。

「小花に、何か夢はあるか？　将来、自分がこうなりたいと思うような」

「えっ、夢？」

小花がキョトンとした顔を見せる。たしかに唐突だったし、雑談向きな話題ではなかったかもしれない。あの劇を演じた昂揚感《こうようかん》が、まだ私の中に残っているせいだろうか。

「どうしたのお、急に？」

「前に同じ質問を、ある人に聞かれて……私は答えることができなかった。私の過去については、海の旅行のときに話したとおりだ。未来の夢なんて考えたこともないし、そもそも考える資格すらないと思っている。なぜなら、私は今まで……」

「たくさん人を殺してきたから、暗殺者だったから──でしょ？」

いつかのときと同じだった。ふいに小花の口調が、いつもより真剣みを増すのを感じる。

「あのときも、わたし言ったよね？ むかし罪を犯したってことと、今のその人が悪い人かどうかは別に考えなきゃいけないんじゃないかって。アーニャのことも、そうだと思ってるよ？」

「小花……」

「だって――わたしが好きになったのは、目の前にいる今のアーニャだもん」

息を呑《の》んだタイミングは、ふたり同時だった。

小花は、おそろしい速さで口を自分の両手で塞《ふさ》いでいた。その拍子に取り落としたフライドチキンが、彼女の膝《ひざ》の上のスカートに落ちる。

私はそんな小花を前に、何度も自分の耳を疑うように言葉を脳内で反芻《はんすう》していた。

今の「好き」は、いつかの海で私のことを大好きと言ってくれたときとはニュアンスが違って聞こえたからだ。そして小花の反応を見て、自分のその直感が正しいことを確信する。

身体《からだ》が熱い。風の冷たさなどもう微塵《みじん》も感じてはいない。

小花の顔もまた、いつか風邪をひいたときのように真っ赤になっている。

どうする……？

①聞こえなかったふりをして、平然と流す。つまり、何もなかったことにする。
②急に難聴を患《わずら》い、もう一回なんと言ったか問う。つまり、相手に下駄を預ける。
③――

「あははは！　なんか告《コク》っちゃったあ！　漫画とかドラマっぽおい！」

脳裏に浮かんだすべての選択肢を吹き飛ばして、小花《こはな》が大きな声をあげて笑いだした。

ひとまず心臓が止まりそうな緊張からは解放されて、私は胸をなで下ろす。

「もちろんアーニャは友だちで、友だちのことはみんな大好きなんだけど……アーニャだけは、ちょっと違う特別な友だちっていうか。夏休みぐらいからからずっとアーニャのこと考えてると、頭がぐるぐるして止まらなくなっちゃうんだあ」

それから小花は、自分の気持ちを整理するような口調でそう言った。

やがて。

「……アーニャは、好きな人っている？」

ぽつりと、そう口にしてから。

「あ、えっと――どういう人が好きとかってある？」

踏み出しすぎた足をあわてて引き戻すかのように、言い直した。

「そうだな……夢を持っている人が、私は好きだ」

私は、今度の演劇を通しておぼろげに見えてきた答えを形にしようとする。

夢――どう生きていきたいのかという、自分自身が向かう未来の理想像。

「私は夢を持つことができない。どうしても、自分の明日をイメージすることができないんだ。具体的に考えようとすると、頭の中が深い霧に覆われ止まってしまう」

そして考えた末に至った答えが、それであった。

「誰かの未来を暴力で奪う生き方を、ほんの子供のころからずっと繰り返してきた。これがたぶん、その報《むく》いなのだろうと思う……誰もが一瞬にして命を失うという現実を、この目であまりに多く見すぎてきてしまった。自分だけがその現実の例外だと思うことが、どうしてもできない……頭や心では平和な日々を謳歌《おうか》していても、人間としての奥底にある無意識《たましい》は違う。闇に生きてきた人間は、具体的な未来の光を思い描けないんだ」

この世において、絶対の安全を保証された命など一つもありはしない。誰もが何の意味もなく、突然に襲いくる終焉《しゅうえん》の可能性と隣り合わせで生きているのだ。

こうして小花と話している今この瞬間でさえ、積み重なった偶然の結果にすぎないと心のどこかで客観視している自分がいる。

「アーニャ……」

小花の目が、悲しげに濡《ぬ》れた光を帯びた。私は、彼女を安心させるように首を小さく横へ振ってみせる。

「けれど、今の私はそれを悲観的に考えてはいない。夢を持てない人間だって、前向きに生きることはできると思っている。今日、私が演じた雷《レイ》のように」

それは、綺《き》先輩《ら》……そして今度の劇との出会いが教えてくれたことだった。

「だから今は、せめて夢を持つ誰かのそばにいて、それを助けていけたらいいと思う。そしていつかその人のように、私も自分自身の夢を……未来を思い描けるようになってみたい」

「それは、いつになるの……？」

「わからない。組織を抜けて日本へきてから、まだ一年も経《た》っていないからな。さて、十年二十年先になるのか、それとも……」

一生涯そうした心境は訪れないのか、と私は言葉の最後をため息に溶かした。

「……わたし、決めた」

しばらく黙りこんでいた小花《こはな》が、ふいに口を開く。

その声には、いつになく強い決意が感じられた。

「なら、わたしがその誰かになる。自分の夢を叶《かな》えて、未来は必ずやってくるんだってアーニャに伝えてあげたい……わたしが、アーニャの光になりたい」

そして、私へ向き直るとそう宣言する。

私はしばし呆然《ぼうぜん》と、小花の示した決意に圧倒されるしかなかった。

「……小花の夢とは、どんなものなんだ？」

「動物病院の獣医さん。モーさんが病気になってから、ちょっとずつわたしがお医者さんだったら治してあげられるのになあって考えるようになって……いつも診てくれた先生も動物のために一生懸命で、素晴らしい職業だなあってずっと思ってたの」

「それは……初耳だな」

「うん。今、初めて口に出した。全然本気じゃなくてふわふわした憧れだったし、わたしなんかになれるわけないって思ってたから……でもこれから本気で勉強して、絶対なってみせる！」

私は驚きを禁じえなかった。

いつもマイペースでおっとりした性格の小花が、これほどの強い意志を発揮したこと。

そして、何よりも彼女が想いを定めたその理由に。

「私のために……？」

「うん。アーニャに、わたしが夢を叶える姿を見せてあげたいの。だから……」

小花が、ぎゅっと自分のスカートを強く握った。布地に浮き出たシワの深さが、小花が奮っている勇気を代わりに示しているかのようだ。

「それまでずっと、わたしのそばにいて？」

真剣に、思いの丈を小花は告げた。その目は私だけを見つめている。

冷たく乾いた河川敷の風の中、私は瞬《まばた》きもせず小花の目を見つめ返し……

「あいたっ」

じっと見開きすぎていたせいで、飛びこんできた砂粒に思わず目を押さえていた。

「あっ、大丈夫ぅ？」

小花があわてて心配してくれた。その拍子にすぐ近くで目と目が合い、どちらからともなく噴き出してしまう。

「なんか笑っちゃったあ……てゆうか、近くで見ると唇カサカサだねえ？　アーニャってリップクリームは塗らないの？」

「使用したことはないが……塗ったほうがいいのか？」

「そのほうが女の子っぽくてかわいいかなあ。わたしがしてるやつ、塗ってあげるねえ」

小花《こはな》が自分のかばんの中身を探る。が、なかなか出てこない。

「あれえ？　どこにしまっちゃったかなあ」

リップクリームが塗られた、小花の唇を見る。

しっとりときれいな艶《つや》を帯びた、優しい形の唇だった。

私は——

「いや、いい」

吸いこまれるように、自分の唇を小花の唇《それ》へと重ね合わせていた。

とろけるほどに柔らかい弾力を感じる、桜色の唇。

彼女の鼻孔《びこう》から漏れた冷たい息が、私の頰《ほお》に触れていく。

小花は驚いたように目をみはっていたが、すぐにまぶたをそっと閉ざした。

ミルクのように甘やかで、それでいて少し生々しいような香りのする……小花の口中から

流れこんでくる、湿った吐息。

それを感じながら、私は自分自身ですら思いもよらない一瞬の衝動に驚いていた。

そして今さらのように、とんでもないことをしてしまったことを自覚する。

私としては、自然な流れのままにしたキスだった。彼女と心が通じあったと感じたあの瞬間……言葉のやり取りだけで小花《こはな》を感じるのが、どうしてももどかしくなってしまったのだ。

けれど、小花にとってはどうだっただろうか。不快に感じてはいないだろうか。

それだけが心配だった。おそるおそる、触れた互いの唇を離す。

「小花の唇から、直接塗ってもらった……いきなりで、すまない」

「うぅん……うれしかったあ。でも、一回じゃまだ塗りきれてないね」

うっとりとした声でそう言うと、今度は小花から唇を触れあわせてくる。

私は無意識に目を閉じていた。

一度目よりも、少し長いキス。

冷たい河川敷の風の中、互いの身体《からだ》の温かさを意識する。

どちらからともなく、私たちは自然と唇を離していた。

「こうやって唇をキュッとすると、まんべんなく行き渡るよお？」

「こうか……？」

小花にならって、上下の唇を内側へ巻きこむように嚙《か》みしめる。うっすら付いたリップクリームが、じんわりと私自身の唇へ馴染《なじ》んでくる感覚。

「あのね……わたし、今のがファーストキスなんだ。アーニャは初めてじゃなかったよね？」

思わず、秘密を暴かれたようでどきりとしてしまった。いつぞや、明良《あきら》に唇を奪われたことを小花が知っているはずはないだろうが。

「たしか、旭姫《あさひ》ちゃんとだよねえ？」

「あ――ああ」

動揺を隠しながら、私はかろうじてそう答えた。いつか雑談の流れで、誤魔化《ごまか》すためにそう言い繕ったのを思い出す。

そのとき、急に風が強くなった。小花が思わず首をすくめる。

「ひゃあ、寒っ……なんか一一月が急に本気出してきたっていうか、もう冬がくるんだねえ」

冬――私がまだ、あの冷たく乾いた異国で人を殺し続けていた一年前。

この平和の天地にも、私の犯した罪を刻んだ季節は再び訪れようとしている。

けれどもし、やってくるこの冬を越えて新たな春を迎えられたのなら。

私は本当に、違う人間へと生まれ変われる一歩を踏み出すことができるのかもしれない。

河川敷の名もなきキジシロ、そしてピロシキ、モーさん、あめ……今まで出会った猫たちとの交わりの中で、育まれてきた小花との絆《きずな》。その温もりを感じながら、私はそう思った。

『そう——夢を語る優しい季節《あき》はもう終わり。ここからは、冷たく残酷《ざんこく》な現実《ふゆ》が始まるのです』

夢うつつの中で誰かの気配を感じ、深夜に目を開けた瞬間。
黄金《ゴールド》に近い琥珀《こはく》の色に輝く、二つの大きな瞳が私の寝顔を間近から見下ろしていた。

「お久しぶりっす～。アーニャ先輩♪」

《家》《ドーミク》の申し子、ラードゥガ・ロマノヴァ——
友と未来を語りあった、その夜。
消し去れない私の過去が、枕元にひっそりとたたずんでいた。

CHARACTER 1

Kokodewa NEKO no Kotoba de Hanase

上《かみ》高《こう》地《ち》綺《きら》

Mission.3
トライアングル・ディストラクション

中指をきつく締めつける力の強さで、彼女が達したことが伝わってきた。

黒蜂《ヘイフオン》ことシュエ——パートナーである彼女の引き締まった裸身が、私の下で魚のように何度も跳ねる。

私——久里子明良《くりすあきら》は、仰向《あおむ》けに寝たシュエの顔を両の太ももでまたぐと腰を落とした。

私の股間《こかん》に下から顔をうずめたシュエが、深くえぐりこむように舌を動かす。

とろけるような熱い刺激が私の芯をねぶり、愉悦の声が自然と口からもれる。彼女の頭を抱き寄せ腰を動かすと、やがて突き上げてきた快感に貫かれて私も達した。

「ふぅ——」

シュエの隣に寝転がると、攻守を変えての続きを待つ。

しかしシュエは気怠《けだる》そうにベッドから身を起こすと、シャワーを浴びにいってしまった。

いつもなら、絶対に一回きりでは満足しないはずだ。

やはり今日のシュエは身が入っていないというか、心ここにあらずな感が強い。

普段は同居している凛音《りおん》の教育上よろしくないので、自宅での行為自体を控えている。その凛音が旭姫《あさひ》ちゃんとの東京デートで出かけている今日は、絶好のチャンスだというのに。

彼女のあとで私もシャワーを浴び終えると、リビングで缶ビールを飲んでいたシュエが冷蔵庫を開け私のぶんを差し出してきた。

受け取ってからプルタブを開け、彼女と缶を合わせて乾杯する。

シュエはちびちびとビールで喉《のど》を湿らせているが、やはりテンションは低い。

「なんだか不完全燃焼って感じね。私たちもそろそろ倦怠期《けんたいき》かしら？」

挑発するようにそう言うと、舌打ちを漏らしたシュエがこちらを見返してきた。

「そうじゃねえ……つか、とぼけるなよ。言わなくてもわかってるだろ」

「もしかして、凛音のこと？」

「ああ。あの娘はどう考えても厄ネタだ。適当なところで放り出さないと、明良やオレの身まで危なくなる。そろそろ慈善家ぶった気まぐれにも飽きただろ？」

つかえていた言葉を吐き出してすっきりしたのか、いつものように豪快な飲みっぷりで缶ビールの残りを一気に空けた。

「アンタの好きな野良猫と同じだよ。餌《えさ》をやってかわいがり、でもずっと面倒を見続けていけるわけじゃねえ。自分の仕事がどういうものかは、当然わかってるはずだぜ？」

「そりゃあね」

私も缶をあおり、シュエの言葉に一応は同意を示してみせる。

一期一会《いちごいちえ》。殺し屋である私にとっては、どんな出会いや縁も常にそうであるべきだ。

それはたとえ、こうして肉体の関係を結んだシュエとのつながりも例外ではない。

「でもね。私が関わってしまったのは、もうあの子の運命だけじゃないの。もう一人の、私のよく知っている女の子の運命もね……」

寒い国からやってきた、銀色の髪と青い瞳の美少女——そして凄腕《すごうで》の元殺し屋。

「知ってらァ。あの白髪《しらが》メイドのことだろ？　まさにそれだよ」

白髪メイドというのは、そのアーニャちゃんのことだ。初対面したときがメイド服姿だったことから、シュエは彼女をそう呼んでいる。

「凜音《りおん》が売却される予定だったのは、あいつが元いたクソやべえロシアの犯罪組織だ。このまま無事に済むと思うか？」

シュエの現状認識は、ごく妥当なものだった。

凜音の背中には導火線がつながっている。どれぐらいの猶予《ながさ》があるのかはわからないが、点《つ》けられた火は消えることなく今もどこかでくすぶり続けていると考えるべきだろう。

凜音の体内には、とある殺人ウィルスを無毒化する免疫細胞《ワクチン》が存在している。そしてそれは、かの組織が誇る鉄の結束を崩壊させかねないものなのだ。

国内の人身売買組織を通じ、凜音はロシアのその組織へ売り渡される予定だった。そして、間違いなく免疫細胞《ワクチン》ごとこの世から消し去られていただろう。

あのとき、どうして凜音に情けをかけ連れていこうと思ったのか……自分の行動を思い返してみるが、理屈ではまったく説明がつきそうもない。

私の人生は、そもそもが衝動まかせの行き当たりばったりなのだから。

しいて理由を挙げるなら、凜音がとびきりの美少女だったからなのだろう。言ってみれば、私的もったいない精神の発露《はつろ》というわけだ。

　そして……凛音というとてもかわいそうな女の子の面影《おもかげ》が、私の身近にいるアーニャちゃんと重なったからなのかもしれない。そのときはもちろん、二人がこんな因縁《いんねん》で結ばれているなんて思いもよらなかったのだけど。

　そんな凛音を結果として利用してしまうことに、アーニャちゃんはずっとためらいを感じているようだ。その気持ちは、私にもよくわかった。

　なぜなら、私もまた同じような葛藤《かっとう》の中にいるからだ。

　シュエの述べるごく真っ当な、殺し屋稼業の人間としてやるべきこと。

　それとは正反対の、長続きするはずもないままごとのような三人暮らしを続けること。

　そのどちらかを確定させる決断から、今の私は逃げている。

　私もすでにアラサーとなり、この稼業の人間としては年を食ったということなのかもしれない。そして老兵ならば、従うべきは自分が生き延びてきた経験則のほうであるべきなのだ。

　そう。正解はとっくにわかっているはずなのに……私の中の歯車は、凛音と出会ったこの夏からズレたまま再び嚙《か》み合おうとはしてくれない。

「ったく……明良《あきら》らしくもねえな。アンタはもっと、後腐れなくきっぱりと決断できる女だったはずだぜ。年下をがっかりさせるなよなァ」

　カレンダーの日付は、いつの間にか一一月が間近に迫っていた。

深まりゆく秋の空気に、不満げなシュエと私のつく二つのため息がシンクロした。


翌日の夜。私たちは、三人で外食に出かけた。

シュエの強い希望で焼き肉になる。私としては少し重く感じたのだが、よく考えてみれば彼女はまだ一八歳なのだから肉原理主義なのも無理はない。

凛音《りおん》は焼き肉屋自体が初めてらしく、とても喜んでいた。この子はほんのちょっとした贅沢《ぜいたく》でも感激してくれるので張りあいがあるけど、同時に不憫《ふびん》にもなってくる。

「おいしい？」

「はい、明良《あきら》さん。とってもおいしいです……！」

「じゃあ、そんな遠慮《えんりょ》してねえでもっとガツガツ食えよ。さっきから、隅っこの焦げかけた肉しか取ってねえだろ。ほれ、このへんがちょうどいい焼け具合だ」

シュエがトングを使い、網の上の肉を凛音の皿に移してあげている。

「ガキはなァ、せこい遠慮なんかしないでいいんだよ。どれが一番気に入った？」

「は、はい……ええと、今とってもらったお肉でしょうか」

「よし、じゃあ特上カルビ三人前追加だ。全部おまえが食うんだからな？」

「ええっ？　……は、はい！」

昨日ああ言ってはいたけど、シュエも日頃は凛音に冷たいわけではない。思わぬ彼女の面倒見のよさが発見できるし、姉妹のようで見ていて微笑《ほほえ》ましくもある。

「ねえ、凛音」

おいしそうに肉を頬張《ほおば》る凛音に、会話を振る。

「昨日は、旭姫《あさひ》ちゃんと東京へいってきたのよね。楽しかった？」

「はい。一緒に服を見たりプリクラを撮ったり、とっても楽しかったです」

「そう、よかったわね。旭姫ちゃんって、前から凛音のファンだったそうだけど」

夏の旅行のとき、凛音との対面で感激していた旭姫ちゃんの姿を思い出す。

凛音の顔が、うれしそうに輝くのが見えた。

「わたしなんかのこと、ずっと見てくれていた子がいたんだなって……なんだか、救われた気持ちになったっていうか」

凛音の生い立ちは私も知っている。

彼女の人生は、唯一の保護者である母親にすべて搾取《さくしゅ》されてきたと言ってもいいものだ。

なまじ美少女に育ったことが、その不幸を大きくした一面もある。

「あの読モの仕事は、お母さんに言われたからじゃなく、スカウトされてわたしが自分でやりたかったことなんです。綺麗なメイクをしてもらって、おしゃれな服を着て写真を撮ってもらうんですけど……現場のスタッフの人たち、みんながわたしをほめてくれて。夢みたいに幸せな時間でした」

その幸せな場所も、過去に強いられた汚れ仕事が発覚したために失ってしまった。またしても、母親に人生を奪われたのだ。あまりに救いようがない話だろう。

「ねえ、そしたらまた続けてみたら？」

哀《あわ》れみとふとした思いつきからそう言うと、凛音《りおん》は要領をえないといった表情を浮かべる。

「好きなことをする。人が生きる意味や目的って、結局それ以上のものはないと思うの。好きなことがあるから、それ以外のつらいことにも耐えていけるんだから。凛音は、その好きなこと……自分が幸せになれる方法を知っているじゃない。それに、恵まれた才能もあるんだし」

「才能なんて、そんな……たまたまスカウトされただけですし」

「楽しいと思えることも才能のひとつだと思うわよ？　凛音には、自分を表現する仕事が向いていると思うの。モデルだけじゃなく、芸能人とかね」

「芸能人――」

思い浮かべたことすらなかったようで、凛音は完全に固まっていた。

ただ私も、何もこの場の気まぐれだけで言ったわけじゃない。前から凛音の将来を考えたときに、そういう方向もあるかもしれないと密《ひそ》かに考えてはいたのだ。

芸能界というのは、良くも悪くも普通じゃない人間たちの集まる世界だというイメージがある。表に出る光の部分がまぶしいだけに、その下に広がる闇の深さは相当なものとも聞く。

裏を返せば、一般社会よりもずっと懐《ふところ》が深い世界だとも言える。心に消せない闇をかかえた人間すらも、共同体の一員として普通に迎え入れてくれるような。不幸な過去や生い立ちを背負ったスターだって、それなりにはいるはずだ。

もしもこの先、凛音が幸せを目指していける場所があるとしたら……彼女の現実《ヤミ》すら塗りつぶすほど圧倒的な虚構の光《スポットライト》の下、というのも可能性の一つとしてはありうると思う。

「……わたしのこと、そんな親身になって思ってくれる人はこの世に明良《あきら》さんしかいません。将来のことはわかりませんけど、わたし……これからもずっと、明良さんのそばにいたい。大好きな明良さんと、ずっとずっと離れたくないです……！」

潤んだ瞳で、凛音が私を見つめてきてそう言った。

私としては、年下美少女からの心揺らぐ殺し文句ではあったが……昨日もシュエに言われたとおり、殺し屋である私は凛音とずっと一緒にいることはできない。別れは必ず、どこかでやってくるのだ。

だから早めに、私への依存が過剰《かじょう》気味に思える凛音を自立させていく必要もあるのだろう。慕われてデレデレするばかりではいられない。

「おまえよォ……オレって女がいる前で、よくもそんな口説き文句を明良に言えたなァ。ガキのくせに、いい度胸してるじゃねえか」

じろりとシュエにひとにらみされ、凛音があわてて目を白黒させる。

「ご、ごめんなさいシュエさん！　そんなつもりじゃないんです……！　その、シュエさんみたいにパートナーとして愛してもらいたいなんて贅沢《ぜいたく》は言いませんから……えとその」

「ああ？　何が言いたいんだよ？」

「ペット……とか？　そんな感じで……どうですか？」

おそるおそる、凛音《りおん》はそんなことを真顔でつぶやく。

シュエがたまらずブハッと噴き出し、私も手を叩《たた》いて爆笑していた。


帰り道、私とシュエはどちらからともなく目配せを交わしあっていた。

住宅地の路上に、見覚えのある白いカローラが停車しているのを見たためだ。

車内には誰もいない。私はナンバープレートを見ると、昨日と一昨日にもマンション近くの路上で見かけた車輌《しゃりょう》と同一であるのを確認する。こうした日常の中における違和感を察知する嗅覚《きゅうかく》は、殺し屋として培《つちか》ってきた経験のひとつだ。

「ちょっと買い物を思い出したわ。凛音を連れて先に帰ってて」

「ああ、わかった」

シュエに告げると、私は交差点を曲がり彼女たちとは違う方向へ歩きだす。

そして脇道に素早く身を滑りこませると、元きた道のほうへ視線を向けた。

果たして……シュエと凛音《りおん》が通過したあとから、誰かがゆっくりと尾行してくる様が横から見える。

黒のビジネススーツを着ており、人数は一人だ。こちらに曲がった私のほうは気にせず、先に進んだシュエたちを迷いなく尾行していく。

私は身を潜めた脇道から出ていくと、シュエたちを追うその人影の後方から接近する。

「!?」

黒スーツが私の気配に気づき、とっさに振り返ろうとする。私は素早く左手を伸ばすと、その両目を掌《てのひら》で覆い隠した。

相手は急に視界を奪われ、瞬間的に動きが止まる。その後方へ素早く回った。

そして顎《あご》の下に、ポケットから摑《つか》みだした車のキーを押し付ける。相手からは見えない角度なので、ナイフのようにも思えるはずだ。

「はい、両手を上げて」

背後から耳元で命じると、相手はおとなしく従った。

「どちら様かな?　……あら、あなた女性だったの」

肩ぐらいまでの長さの黒髪を、うなじで短めのポニーテイルに結っている。歳は私より二、三歳ほど年下に見えた。すっぴんに近いナチュラルメイクなのでそばかすが少し目立つけど、なかなかの美人だ。

「……ちょっと、いったい何者よ？　あんた、やっぱり只者《ただもの》じゃないわね……？」

「それ、こっちが先に質問中よ」

女が、視線で自分の胸元をアピールしている。私は黒スーツの胸ポケットを探ると、指先に触れたカードケースのようなものを抜き出した。

二つ折りのそれを開いて一瞥《いちべつ》すると、まさかの驚きに打たれてしまう。

その気配を察したか、女が振り向くと私の手からカードケースを取り返す。そして自分の手で開いた中身をあらためて示してきた。

ホログラムの旭日章と、上半身を写した彼女の証明写真──警察手帳だった。

「刑事さん？　でも変ね」

ＩＤには『Ｔ県警察　刑事部一課　花菱繭《はなびしまゆ》』との表示がある。

「ここはＴ県警の管轄外だし、刑事なら単独行動はしないでしょう。あなた、見たところ相棒は連れていないようだけど」

刑事──繭は、手帳を閉じると懐《ふところ》にしまう。

「私はもともと、久我山利之《くがやまとしゆき》を人身売買容疑で挙げるために内偵していたの」

繭が、私を見てニヤリと不敵な笑みを浮かべた。

「今、久我山の名前に反応があったわね。瞳孔《どうこう》の生理反射は誤魔化《ごまか》せないわよ？」

久我山は、この夏に殺人請負業者の互助組合──《プロキシー》の依頼で殺した標的だ。

奴は北陸地方T県に根城を持ち、ロシアの暗黒市場《ブラックマーケット》と深いつながりを持つ人身売買組織の幹部だった。

そして久我山《くがやま》を殺し、ロシアのとある犯罪組織へ直売されようとしていた商品——凜音《りおん》と、私はそのときに出会ったのだった。

「八月に久我山は何者かに殺害された。そして同じ夜、T市内のホテルに宿泊していた雫石《しずくいし》清美《きよみ》という中年女性もまた他殺体で発見。スマホに残された履歴から、この女性が久我山のビジネスに関与していたことが発覚した」

繭《まゆ》は、私の全身をなめるような視線で吟味《ぎんみ》しながら言葉を続けていく。

「県警では、裏社会の組織同士による抗争という線で捜査を進めていたけど……私はだんだん違うんじゃないかと思えてきた。同夜、久我山が経営するガールズバーを訪れた二人組の女性客の目撃情報。これがどうしてか強烈に臭ったのよね。それから、久我山の売ろうとした商品がどうなったのか。私はそっち方面の捜査許可を求めたけど、上は抗争の線で動いていて耳を貸してくれなかった……単独行動にはそういった世知辛《せちがら》い事情があるわけ」

ふいに繭の右手が伸びてきて、私のジャケットの襟首をつかみ上げる。そして、挑発的に顔を近づけてきた。

「ホテルで殺された女には凜音という娘がいる。現在行方不明のその子は、いったいどこへ消えたのか……上が許可してくれないから、凜音の持つスマホの位置情報を通信会社に開示させるのにだいぶ時間がかかったわよ。で、ようやく見つけた彼女はこの町で得体の知れない二、三人の女と暮らしていた……現場の倉庫で久我山を殺して、商品《りおん》を連れ去ったのはあんたたちね？　凛音の母親も、あるいは——」

私をにらみつける繭の表情が、その瞬間凍りついたように固まった。

「はいはいご名答。名推理だねェ〜」

繭の後頭部に押しつけられたのは、四五口径キンバー・ウォーリアの銃口。

その向こうには、拳銃を手にしたシュエの獰猛《どうもう》な薄笑いが見えた。凛音をマンションまで連れて帰ったあと、いいタイミングで戻ってきていたようだ。

「だが、凛音の母親を殺したのはオレたちじゃねえ。察するに、凛音の買い手だったロシアの組織が拷問《ごうもん》にでもかけたんだろうよ。娘の居所を吐かせるためにな。けど、知るわけはねえから最終的に始末された。契約違反のペナルティってのもあるだろうな」

「あっ、あんた……刑事にこんなことしてただで済むと……」

「思っちゃいねえな。だからまァ、後腐れをなくすためにこうして銃を出してるってわけだ。銃ってのは殺しの道具であって脅《おど》しに使うもんじゃねェ。その意味、わかるよな？」

シュエの声に本気の殺意を感じとったのか、繭の目に恐怖の色が浮かぶ。

「あと、今のてめえは刑事であって刑事じゃねえ。正規の捜査活動中じゃないんだろ？　組織のバックアップがない以上、ここで死んだらそれっきりだ。ヘッ、イヌは飼い主の手綱《たづな》を離れて突っ走るもんじゃねえよなァ……」

繭《まゆ》が小さく悲鳴を漏らしたところで、私はシュエにウインクを飛ばす。シュエがすべてを心得た笑みでそれに応えた。

「まあまあ、シュエ。こんな女の子、始末するのはいつでもできるわ……ここはひとまず、私にまかせてもらえる?」

まさに地獄に救世主といったタイミングで、私は二人の間に介入した。

「それじゃ、ちょっと話をしましょうか。さっき見かけた、あなたの車でドライブもいいわね」


一時間後。

私はせまい車内で下着を履き終え、粛々《しゆくしゆく》と着衣の乱れを整えた。

隣では、シャツの胸元をはだけあられもない姿になった繭がぐったりと仰向《あおむ》けになっている。紅潮した顔には、汗の玉がまだ浮かんでいた。

「……明良《あきら》さん、好き」

そして、熱に浮かされたように潤んだ瞳で私を見上げてくる。こちらの手を握ったまま、ずっと離そうとはしてこない。

さっき、繭が私を見つめる視線に性的な興味が潜んでいるのを感じとった。本人は無自覚だったのだろうが、その時点でもう落とせると確信していた。こっちは抱いてきた女の数が違う。

「私もよ、繭」

私は繭の手を取ってそこにキスをすると、そっと離した。

「ああ、私……もう共犯者なのね。だって、殺し屋と寝てしまったんだもの……」

「そうね。私たちのことは、見逃してもらえると助かるわ。後日連絡するわね」

繭はまだ、うっとりとした表情のままシートから起き上がってはこない。私は車を降りると、そのままマンションの部屋へと帰宅した。

「ただいま」

「あ、お帰りなさい。明良さん」

リビングでは凛音《りおん》がテレビを観ていた。シュエを探して奥へいくと、吹きこんできた風が頬《ほお》に当たる。バルコニーが開け放たれているらしい。

そちらへ向かうと、灯《あか》りの落ちた部屋のサッシ窓が開いておりカーテンが風に揺れていた。その向こう、バルコニーの暗闇にたたずむシュエの姿が見える。

かけようとした声を、私は無意識に呑《の》みこんでいた。

スマホのバックライトに浮き上がる、シュエの横顔。そこに沈着したブルーの陰影の深さが、どうしてかそうさせたのだ。光る画面に落とした眼差《まなざ》しからは、彼女の感情は読めない。

「……また遅いお帰りじゃねえか。ずいぶん念入りにかわいがってやったみたいだなァ、あの女刑事をよ」

シュエは私に気づくと、覗《のぞ》いていたスマホをポケットにしまう。

「なに、妬《や》いたの？」

「チッ、ハニートラップだってことぐらいわかってらァ……ったく、本当に落としてきやがるとはな。さすがだよ」

バルコニーから上がってきたシュエの肩に手を回すと、じろりとにらまれた。

「早いとこシャワー浴びてこいよ……違う女の匂《にお》いが明良《あきら》からするのは、嫌だ」

そして、そんな年下っぽいかわいげのあることを言うのだった。あまりこうした甘え方をしてきたことはなかったので、かなりグッときてしまう。

「そういえば、今度アーニャちゃんの学校で文化祭があるのよね。小花《こはな》ちゃんに誘われたんだけど、シュエも一緒にくる？」

去り際にふと、小花ちゃんからもらった『ねこメイド喫茶』のチケットのことを思い出す。

「ああ、いくよ」

その返事も意外だった。

ゲーム好きでインドア派なシュエは出不精なので、こういったイベントへの誘いにはだいたい消極的な反応を示す。てっきり今回も断ってくるものと思っていた。

ともあれ、久しぶりの二人でのお出かけだ。楽しむに越したことはないだろう。

そして、やってきた文化祭の当日──

私はシュエと、凛音《りおん》は旭姫《あさひ》ちゃんとそれぞれ一緒に、私立鳥羽杜《とばもり》女子高校の羽衣《はごろもさい》祭会場に午後から顔を出した。いわゆるダブルデートだ。

学園の敷地内は垂れ幕やモールなどで華やかな飾り付けがされ、来訪客でにぎわっている。

私たちは凛音たちと別行動を取り、校庭に並ぶ屋台や出し物を見て回った。

「はいシュエ」

屋台で買ったチュロスの一本を、シュエに差し出す。彼女はそれを受け取ると、無表情のまま一口頬張《ほおば》る。

「……クッソ甘ェ」

「そりゃあね。たまには女の子気分に浸るのもいいでしょ？　……あ、迷路があるわ。ちょっと入ってみましょ」

文化祭の定番とも言える、段ボール紙やベニヤ板で作られた迷路コーナー。私はシナモンの甘い香りがするチュロスをかじりながら、その中へと入っていった。

もう一〇年は昔になろうかという、自分の高校生時代を私は思い出し……ふと、一八歳のシュエはまさに彼女たちと同年代なのだということを意識した。

「安っぽいアトラクションだぜ……これ、ガキどもが何日もかけて大勢で作ったのか。ヘッ、アホみたいだな」

そんな私の心を読んだわけでもないのだろうが、スプレーでグラフィティが描きこまれた迷路の壁を見渡したシュエが、ぽつりとつぶやく。

「でもまあ、作ってる間は楽しかったんだろうなァ……きっとよ」

しみじみと続けた言葉は、決してチープさを馬鹿にしているものには感じられなかった。

「オレの生まれた国は、ずっと戦争をやっててよ。軍隊はガキも容赦なく徴兵して道具に使いやがる……そう、道具だよ。六歳で地雷探知機になったのが、オレの初陣《ういじん》だ。ガキに地雷原を歩かせて、地ならしをするんだよ。即死しない程度の威力で、負傷兵を作るのが目的の対人地雷が埋まってる場所をな。故郷にゃ足のないガキがゴロゴロいるぜ。オレは悪運が強かったようでなァ……どうにか五体満足で道具の身分を卒業して、八歳で銃を持たされるようになった」

段ボールの壁ごしに、少女たちの明るい笑い声が聞こえてくる。その中で、シュエの語る話はまるで異世界の出来事のようだった。

「で、そんな少年兵暮らしも一四で卒業だ。というか、お尋ね者になっちまってなァ。寄ってたかってオレに汚えモンを突っこんでくれた、正規兵の連中を全員ブッ殺して逃げたからよ。そんなガキにできる仕事なんざ、あとはもう殺しだけだ……香港《ホンコン》でマージに拾われて、ちょっとは生きるのが楽しくなったかな？」

ふいに、首筋へナイフを突きつけられたような緊張を覚えた。

マージ——香港マフィアの幹部であり、私たちの共通の恋人だったマージョリー・ウォン。

私が仕事で殺した彼女の名前を、シュエが口にしたのは今日が初めてのことだった。

「今ならわかる。マージの心には、ずっと誰かがいた。そして、それが明良《あきら》だったってことがな……だからもう、アンタはマージを殺したことを気にする必要はねえんだよ。あの人の愛した女は、最初からオレじゃなかったんだからな。オレから奪ったもクソもねえってことさ」

そして、私の顔をのぞきこむや笑い声を上げた。

「おいおい、なんてツラしてんだよ。アンタには『そんなこともあったかしら?』ぐらいな感じでいてもらわねえと、こっちとしては調子狂っちまうんだよなァ」

「……年下にリードされちゃうなんて、不甲斐《ふがい》ないわね。私も年を食ったのかしら」

シュエから綺麗に先手を取られ、してやられた気分で苦笑を浮かべる。

「でも、どういう心境の変化? シュエのほうこそ、今日はなんだからしくないわよ」

「まあ、ここらで面倒くさいことは清算しておきたくてよ……でなきゃ、次へ進めないだろ?」

そうね、と返したところで迷路の出口が見えてきた。私たちはそこから外へ出る。

私とシュエが出会ったのは、六月の梅雨時だった。季節はいつの間にやら秋になり、冬へと移るグラデーションを日々描きつつある。気づけば、同棲《どうせい》をはじめてもう半年近い。

シュエが私に復讐《ふくしゅう》する意思を持っていないのは、今の言葉だけじゃなく実感としてもう伝わっている。だから、清算したいと言ってきたことについての驚きはそこまでなかった。

けれど、この胸はどうしてか晴れなかった。

それはきっと、私が本当に償《つぐな》いたい相手はもうこの世にはいないマージだからなのだろう。

そのため、彼女の身代わりに見立てていたシュエに許されたことで気持ちの行き場を失ってしまったのだ。

（クソみたいな女ね、我ながら）

久里子明良《くりすあきら》という女は、実はとても面倒くさいこじらせなのだということに、私はこの歳になってようやく気づきはじめていた。

おそらくそれは、初恋の女性がどこかの男と結婚した中学生のときに端を発している。

あのとき私は、その男を殺して彼女を奪ってしまおうという衝動を覚えてしまった。そして、その自分の執着の強さを危険なものとして無意識に封印しようとしたのかもしれない。

私の衝動的かつ快楽主義な性格は、本質である執着心を抑えるためのリミッターとして芽生えたもの――なんて、それらしい自己分析をしたこともある。

けれど、自分の本質を理解したとてどうにもならないのが人間だ。私は私のまま、この先もやっていくしかないのだろう。

「えーと、白髪《しらが》メイドの猫カフェはどっちだ？」

そんな私の葛藤《かっとう》など知ったことではないとばかり、校舎内に入ったシュエは案内ボードをにらみつけている。

「今日のシュエは意外性のかたまりね。真っ先に猫のところへ行きたがるとは思わなかったわ」「まあな。猫ってやつに、よく考えたらちゃんと触ったことがねえんだ。今日を逃すとチャンスはないかもしれねえからな」

少し大げさじゃないかとも思ったが、タイミングとかめぐり合わせというものはあるだろう。私はシュエと一緒に、アーニャちゃんと小花《こはな》ちゃんがいる二年一組の『ねこメイド喫茶』へと向かった。

「わあ、明良さんだあ！　いらっしゃあい」

教室の中へ入ると、受付係をしていた小花ちゃんが私を見て表情を輝かせる。いつも本当に明るくて、人をなごませてくれる素敵な女の子だなと思う。

「大人二名ね」

「あ、そのチケット一枚でワンドリンクフリーですよお。何がいいですか？」

「それじゃ、タピオカミルクティーにしようかな。シュエも同じでいいわね」

「はーい。あっそうだ、凛音《りおん》ちゃんも来てますよお。旭姫《あさひ》ちゃんと一緒に」

教室内を見渡すと、猫がいるスペースで楽しそうに話している二人がいた。アーニャちゃんは二人とは別の場所で、おなじみのメイド服を着て接客をしている。

「ギャハハハッ！　なんだテメーその格好……やめろっ、腹痛ぇぇ！」

そして、もう一人のメイド服姿のスタッフ――ペルシスちゃんを見つけ、シュエが涙を流してバカウケしていた。真っ赤な顔で激怒したペルシスちゃんが飛びかかろうとするのを、背の高いショートヘアの女の子——梅田《うめだ》ちゃんが必死になだめている。

「お、ショートのきれいなお姉さんじゃん。どうよ、ウチらのねこメイド喫茶。エリたちと毎日準備したんよ？」

私の姿を見つけると、ホールスタッフのエニュオーちゃんがにこやかに声をかけてくる。相変わらず、おっぱいが大きくてスタイル抜群な子だ。さぞかし抱き心地はいいだろう。

「お客さんも楽しそうで、いい企画ね。あ……凛音《りおん》、そっちに猫ちゃんいったわよ」

教室の床に敷いたマットの上を、すごく大きなキジトラちゃんがのしのしと歩いていく。松ねこ亭で一番の巨体を誇る文鎮《ぶんちん》ちゃんだ。

やがて歩き疲れたというように、文鎮ちゃんは香箱座《こうばこずわ》りでドッシリと腰を下ろした。

凛音の座る、すぐ隣に。

「うわ〜、でっかいネコちゃん！　凛音ちゃん、なでてあげなよ」

「う……うん」

はしゃぐ旭姫《あさひ》ちゃんにうながされるまま、凛音が恐る恐る文鎮ちゃんの背中に触る。

せっかくの猫がそばに来ても、その笑顔には戸惑いの色が隠れていた。

凛音が猫嫌いというのは、もちろん私も知っていることだ。

けれど、その凛音がここにいるのは旭姫ちゃんと一緒だからだろう。凛音も、猫好きな彼女の前ではそのことを黙っているようだ。私としても、凛音のその気持ちは察してあげないわけにはいかない。

「何おっかなびっくり触ってやがる。おまえ、猫なんかに気遣いしてるのかよ？」

が、そんなことは何も知らないガサツな声が微妙なバランスを壊していた。

いつの間にか、シュエが傍《かたわ》らにどっかりと座っている。どうやら、凛音の様子を見て誤解しているようだ。

「猫なんてのは、どいつも適当で身勝手な奴らなんだよ。だからこっちが優しくさえしてやりゃ、そいつが今までどんなことをしてきた人間だろうと関知したりしねェ。映画とかでも、よく悪いヤツが膝《ひざ》に猫乗せてなでたりしてるだろ？　おまえももっと豪快にワシワシいけ！」

シュエは、文鎮ちゃんのほとんど球形に近い丸々としたホッペや顎《あご》の下をハイペースでなでまくる。巨大なキジトラは、目を細めて喉《のど》をゴロゴロ鳴らしていた。普通の猫ちゃんだとちょっと乱暴な触り方だと思うけど、この子にはジャストフィットだったらしい。

「シュエの言ってることもうなずけるけど、本当に嫌な人のところに猫は絶対に居着かないわ。だからね、凛音。猫はただそこにいるだけで、人に許しをくれるのよ」

「許し……」

「心のままに振るまうこの子たちが、まんざらでもなさそうに隣にいてくれる。私はね、それだけでこの世の何かに許された気がするというか……こんな自分も、いっぱしの価値がある人間なのかもって思えるの。少なくとも、猫がそばにいてくれる程度にはね」

シュエの話を受け、私は凛音《りおん》に語りかける。どんな些細《ささい》なことであれ、この子のかかえた心の傷を少しでも癒《い》やしてあげられるきっかけになればいいと思っていた。

「前に本で読んだことがあるんだけど……猫ってね、楽しかったりうれしかったりした記憶しか後には残らないらしいの。だから、忘れられないような悲しいことも、誰にも言いたくない嫌な思い出も、現在《いま》を生きている自分とはもう関係ないことなのかもって……そんなふうに感じられるときが、この子たちを見ているとたまにあるわ」

問わず語りに続ける私の言葉が、どれだけ凛音に響いたのかはわからない。

ただ彼女は静かに、自分の隣で喉《のど》を鳴らす文鎮《ぶんちん》ちゃんを見つめていた。

「ねえ知ってる、凛音ちゃん？　猫ってお尻をポンポンすると喜ぶんだよ？」

「えっ、お尻？」

旭姫《あさひ》ちゃんが、しっぽの付け根近くのお尻を手でリズミカルに叩《たた》きはじめる。

すると、文鎮ちゃんが喉を鳴らすゴロゴロ音のボルテージが上がっていった。そこは確かに、猫が刺激を受けて喜ぶポイントの一つだ。

「こ……こう？」

凛音もまた見よう見真似《みまね》で、反対側から文鎮ちゃんの大きなお尻をポンポンしていく。

目を閉じた文鎮ちゃんの口が半開きになって米粒みたいな牙《きば》がのぞき、うっとりとした表情にとろけていった。

「あははは、かわいい～。デカネコちゃん、今めちゃ気持ちよくなってるんだよ」

「ほんとに？ この子、なんでお尻叩かれてるのに喜んでいるの？ ふふ……変なの」

旭姫ちゃんとの猫パーカッション二重奏に興じているうちに、凛音の顔に自然な笑みが浮かんでくるのがわかった。それを見ていると、私も心が軽くなってくる。

「……旭姫ちゃん、ありがとうね」

なごんだ私はふと、アーニャちゃんと共有したほうがいい情報があるのを思い出した。

凛音の母親が、アーニャちゃんがいた組織によって殺されていたこと。それと関連する、凛音を追って現職の刑事が私たちの前に現れたことだ。ここのところずっとアーニャちゃんの顔を見ていなかったので、今日まで伝えるのを失念していた。

しかし、ふと教室内を見渡してみたがアーニャちゃんの姿が見えない。

「じゃ～ん！ アーニャさんに代わって、あたしが二代目メイドになってみました～！」

かと思えば、梅田《うめだ》ちゃんがさっきまでアーニャちゃんが着ていたメイド服に着替えていた。

もちろん体格がかなり違うからパツパツで、サイズ感は全然あっていない。

「ちょっ——ヘソが丸出しだし、下着も見えちまいそーじゃないですか！ みっともねーですよ、梅田！」

「まあ、あたしからすると子供服みたいだよねー。でもせっかくだし、リンジーと一緒にバカやって文化祭の思い出作っときたいな〜って」

「っ……そういうこと言うの、ずりーです。まったく、これだから梅田《うめだ》は……」

急に静かになったペルシスの肩を、梅田ちゃんが豪快に笑いながら抱き寄せている。竹里《たけさと》ちゃんがノリノリで、そんな二人をスマホで撮影していた。

「小花《こはな》ちゃん、アーニャちゃんはどこいったの？」

それを横目に、私は受付の小花ちゃんにアーニャちゃんの所在を尋ねる。

「あ、このあと演劇部の舞台に出るんでそっちにいっちゃいましたあ」

廊下に出てみたが、彼女の後ろ姿は見当たらない。私はスマホを取り出すと、アーニャちゃんの番号を呼び出した。

「もしもしアーニャちゃん？　凛音《りおん》のことで話があるのを思い出したんだけど、もしかして今、忙しい？」

アーニャちゃんと連絡は取れたが、スピーカーからは混雑した人ごみの中にいる様子が伝わってきた。私は手短に用件だけを伝えて通話を終える。

教室に戻ったあと、午後四時で校内の出し物はすべて撤収を始めるようにとの放送が流れはじめた。二年一組のねこメイド喫茶も、無事に今日一日の営業を終える。

「このあと体育館で、アーニャの出る舞台だよね。凛音ちゃん、一緒に観にいこ！」

「うん。さっきアンナさんからも誘ってもらったし」

腕を組んで教室を出ていく、凜音と旭姫《あさひ》ちゃん。それを微笑《ほほえ》ましく見送っていると、左腕にふと誰かの腕が絡みつく感触があった。

「あら」

いつかのときと同じように、そうしてきたのはシュエだった。

「オレたちもいこうぜ。アイツの下手な芝居を見物して、思いっきり笑ってやりてえからな」

年下にリードされるのも悪くないな、と私はシュエの右肩に身を預けながら歩きだした。

演劇観覧が終わったころには、もうとっぷりと日も暮れていた。

私たちは会場の鳥羽杜《とばもり》女子高を後にすると、四人で夕食へ繰り出してから旭姫ちゃんを自宅まで送り届けた。

「明良《あきら》さん、ごちそうさまでした〜。凜音ちゃん、またねー！」

「うん、またね。旭姫ちゃん」

笑顔でハグしあうふたりの別れを、微笑ましく見守る。同年代の友だちができたおかげで、凜音も毎日が楽しそうで何よりだ。

「……なあ。このあと、カラオケにでもいかねェか？」

そして帰宅——というときになって、シュエがぽつりとそんなことを言い出した。

「いいけど、今日は本当にどうしちゃったの？　なんだか、早く家に帰りたくない子供みたい」

「いや、なんとなくな……この三人でいきたくなったんだよ」

シュエは、凛音《りおん》を見下ろしてそう付け加えた。

「なあ、凛音。おまえだって歌いたい気分だよなァ？」

「は……はいっ、シュエさん！」

「ちょっと、それ半分脅《おど》してるみたいなもんでしょ。まあ、たまにはいいかもね」

彼女の希望どおりそのままカラオケへ流れたが、シュエはまたしても延長に次ぐ延長を連発。結局、帰宅はだいぶ遅い時間になってしまった。

いつの間にか各自の定位置が決まってきた、リビングのソファにそれぞれ腰を下ろす。

「ふう……久しぶりにガッツリ遊んだって感じね」

心地よい疲労感を覚えながら、私はテレビのリモコンを取り上げ……そのまま何もせずにテーブルへ戻した。今日一日の余韻《よいん》をまだ味わっていたい気分がある。

「わたしも、楽しかったです」

凛音は、自分の右手にじっと視線を落としていた。旭姫《あさひ》ちゃんと一緒に、キジトラ猫の文鎮《ぶんちん》ちゃんをなでた感触を反芻《はんすう》するように。

「そうかい、楽しかったか。そいつは何よりだ……」

それを聞いたシュエは、静かにつぶやくと目を閉じる。

再び目を開いた彼女の右手が、すうとまっすぐ伸ばされていた。

その手に握った拳銃《キンバー》の銃口を、凛音の胸へと向けながら。

「銃を下ろしなさい、シュエ」

同時に抜き放たれた私の拳銃《ベレッタ》は、シュエの眉間《みけん》を照準していた。

「え……？」

私とシュエの間にはさまれた凛音は、ただ呆然《ぼうぜん》と固まり青ざめている。さっきまで談笑していた私たちが銃を突きつけあう展開など、想像だにしていなかったのだろう。

「さすがだな、明良《あきら》。前からオレの行動を読んでいたのか？」

「日々の違和感には備えるのが、殺し屋の鉄則でしょ」

今日……いや、少し前からのシュエの言動はそれまでと明らかに違う何かがあった。

「そっちこそ、見え見えのアピールで私に止めてほしかったんじゃないの？《プロキシー》からの依頼と見たけど」

「アンタはなんでもお見通しなんだな……そういうところ、正直ちょっと鼻につくぜ」

やはりそういうことか。私はすべてを理解していた。

シュエの通り名である黒蜂《ヘイフォン》こと《ブラック・ビー》は、《プロキシー》の世界ランキングでトップ一〇に入っている。もし依頼主が例のロシアの犯罪組織で、確実に凛音を始末したいのであれば、彼女のような上位ランカーを指名するのは自然なことだ。

けれど、その殺し屋が標的と同居しているとまでは依頼主も知らないことだったろうが。

「で、どうするの？　銃を下ろすの、下ろさないの？」

「その前に聞かせろ。遅かれ早かれこうなるだろうってことを、オレはアンタにずっと言ってきたよな？　……明良《あきら》の答えは、それ《ヽ》な《ヽ》の《ヽ》か？」

自分を指すベレッタの銃口を見つめながら、シュエが淡々とそう言った。その目つきは虚無的で、感情は読めない。

シュエは決して悪くない。彼女はただ、殺し屋としての自分を全うしようとしているだけだ。

依頼があれば誰だろうと殺す。それがたとえ、親や兄弟——そして恋人であろうとも。

そんな殺し屋稼業の人間として、間違った行動を採りかけているのは明らかに私のほうだというのはわかっている。

「アンタは、自分が愛した女さえ殺せる女だ。けど、マージのときはプロとしての仕事の上でのことだった。今、明良がオレに銃口を向けている理由は……仕事《そう》じゃあねえだろ!?」

抑えつけていた感情が爆発したというように、シュエが悲痛な声を張り上げた。

「殺し屋じゃない素のアンタが選ぶのは、オレじゃなく凛音《りおん》だってことなのかよ!?」

シュエの怒号は、今にも泣き出しそうなほどに震えている。

私は今すぐにでも、銃を捨て彼女を抱きしめてあげたかった。

けれど、私が銃口を下ろせばシュエは迷いなく引き鉄を引くだろう。こうして殺意を見せた以上、もう二度と今までの凛音をふくめた三人暮らしには戻れない。だからもう、何もなかったことにはできないのだ。

曖昧《あいまい》でもよかった優しい秋《モラトリアム》は終わりを告げ、殺し屋としての私とシュエが本来生きている現実――決断の冬が、すべてを凍《い》てつかせながらこの部屋に訪れていた。

私は、血を吐くようなシュエの糾問《きゅうもん》に答えることなく沈黙を守る。

言葉にしてしまえば、すべてが決まってしまうのだから。この期《ご》に及んで、私はそんな卑《ひ》怯《きょう》な未練を捨てきれずにいた。

針で刺されるような無言の時間が、どれぐらい流れたものか……

「わかったよ……オレの負けだ」

ため息をついたシュエが、凛音へ向けた銃口を下ろす。

ほっとした瞬間、シュエが私へ飛びかかってきた。左手が毒蛇のようにうねり飛ぶ。いつソファの下に隠していたのか、抜き身のナイフが光を放っている。

私はその一閃《いっせん》を座ったまま仰《の》け反《ぞ》ってかわし、襲いかかってきたシュエの勢いに押されて真後ろへ倒れこんだ。筋力に勝る彼女が私を上から制圧し、ソファの上でマウントポジションを取ろうとしてくる。

私は下から両脚を登らせ、ナイフを握ったシュエの左腕を巻きこみながら三角絞めの仕掛けに入った。自分の足首同士を、彼女の首の後ろでフックさせる。

ぎしっ——と、固められたシュエの骨と肉とが軋《きし》む音が聴こえた。

シュエの左腕をこちらの左手で内側へ流して引っ張り、たたむように押しこんだ肩の筋肉で自分の頸動脈《けいどうみゃく》を圧迫させる技だ。完全に入れば、ほんの一〇秒ほどで脳への血流を遮断し気絶させることができる。

「……ッ」

シュエの顔面が赤黒く染まり、両目が充血していた。動ける範囲で身体《からだ》をずらし、肩と首の間にスペースを作って絞めの強度をゆるめようとしてくる。しかし、それより先に意識が失われ落ちるはずだ。

ナイフを握った左手は私が制圧している。ならばと、拳銃を握った右腕を曲げ銃口を私へ向けようとしてきた。私はすかさず、余った手を使い銃口を横に逸《そ》らさせる。

が、シュエは構わず引き鉄を引き発砲した。

轟音《ごうおん》がリビングの静寂を引き裂き、銃弾は誰もいない壁に虚《むな》しくめりこむ。

「熱ッ！」

だが、それはシュエの狙いどおりだったようだ。排莢口《はいきょうこう》から飛び出す焼けた空薬莢《からやっきょう》が、私の顔を直撃したのだから。

力がゆるんだ一瞬を、彼女は決して見逃さなかった。三角絞めの形に入られたまま、私の身体を引っこ抜くように持ち上げる。

そしてそのまま力ずくで振り回し、私をリビングの食器棚へと思いきり叩《たた》きつけていた。ガラスと陶器の割れるけたたましい音が鳴り響く中、床に放り出された私は痛みをこらえて真横へ転がる。

そのすぐ後を追って、ぶんという重たい唸《うな》りが私の頭があった空間を走り抜けた。まったく躊躇《ちゆうちよ》せずに振りぬかれた、追撃のサッカーボールキック。反応がコンマ五秒遅れていたら、顔面を蹴《け》り砕かれていただろう。

立ち上がった瞬間を狙いすまし、シュエが思いきり振りかぶったオーバーハンドの右フックを叩きこんでくる。

「ッシャオラアァァッ!!」

まともに顎《あご》へ入った。

奥歯が何本か砕け、ざっくり切れた口の中に血が大量にあふれる。

が、意識はぎりぎり飛んでいない。

シュエの鉄拳を被弾しても耐えられたのは、フルパワーの威力がこもっていないからだ。おそらく失神しかけた影響で脳貧血を起こし、足腰に力が戻りきっていないのだろう。

私は横へ流れた顔を正面へ戻すと、口に溜《た》まった血を歯の欠片《かけら》とともに噴きつけた。

血の目潰《めつぶ》しを浴びたシュエが顔をぬぐおうとした瞬間、私は身体を大きく後ろへ旋回させる。踵《かかと》を打ちこむサバットの後ろ回し蹴り《シャッセ・トルナント》──狙ったのは、脇腹の一点。

「ガッ⁉」

そこには過去、アーニャちゃんとペルシスにやられた古傷があると知っている。

遠心力を乗せた踵《かかと》を直撃されたシュエは苦痛に顔を歪《ゆが》めながら、それでもダウンせず拳《こぶし》を振るってきた。私はそれを飛びしざってかわす。

「えげつねえなァッ、このババア‼」

「お互い様よッ、クソガキが‼」

間合いが離れた瞬間、私たちは同時に動いていた。乱闘中に互いの手から離れて落ちた拳銃へと、素早く飛びつく。

そして床から拾い上げると、銃口を二人同時にベ、ラ、ン、ダへと向けていた。

なぜならそこに、さっきまではいなかった誰かが立っていたのだから。

「――あ、どうぞ続けて?」

黒いレザーのハットとロングコートを着こんだ、若い女だった。

ハットの下の髪は、映画のマッドマックスに出ていたシャーリーズ・セロンのように綺麗な丸刈り。そして、女としては異様なまでの巨体を誇っていた。身長二メートルは下るまい。コートの下の肉体も、隆々と膨《ふく》らみ張りつめている。

「もうやらないの？　ちぇっ……共倒れしてくれれば面倒くさくないと思ったんだけどな。やっぱり最初からケチが付きっぱなしみたいね、この仕事。重複依頼とかマジ勘弁よ」

仕事と大女は言った。つまり、こいつは——

「いちおう最初は、標的と一緒にいるおたくのほうに優先権があると思って譲《ゆず》ってたのよ？　でも、チンタラ一向に依頼を果たさないから痺《しび》れを切らしてたのよね。ようやく動いたと思ったら、今度は痴話喧嘩《ちわげんか》が始まっちゃったし……アホらしくてもう、こっちがもらっちゃっていいかなって」

《プロキシー》の殺し屋。依頼人はシュエのみならず、この大女にも別口で凛音《りおん》の殺害をオファーしていたのだ。

「これでわかったかよ……オレがやらなくても、いずれ別の殺し屋が仕掛けてくる。最初っから逃げ場はねえってことが」

シュエの苦い声を聞きながら、私は躊躇《ちゅうちょ》せず引き鉄をしぼっていた。手の中に反動《リコイル》が跳ね、大女を狙った弾丸が轟音《ごうおん》とともに吐き出される。

大女は両腕を交差させて頭を守り、そのままこちらへ突っこんできた。

被弾してもお構いなしだ。突進の勢いさえ鈍らせられていないところを見るに、あのコートにはＮＩＪ規格でレベルⅢＡクラスの防弾プレートが入っているらしい。機関銃でなければ貫通できない堅さで、拳銃弾程度の衝撃は完全に吸収されてしまっている。

大女は弾幕を突破すると、クロスさせていた両腕を激しく外側へ振り戻した。その勢いで、袖口から二丁のマシェット——戦闘用の鉈《なた》が飛び出し、手の中に滑り落ちてくる。

「ヒャーウィゴォ――ッッ‼」

ハイテンションな叫び。飛びこんできた大女が左右のマシェットを時間差で一閃《いっせん》させてくる。巨体に不似合いな速さ――右の一刀は寸前で回避した。左は間に合わない。なんとか、致命傷だけは……！

その瞬間、私を襲う刀身に激しく火花が散った。

着弾衝撃で、マシェットの軌道が私から逸《そ》れる。

シュエがそこを狙い撃ったのだ。大女本体の動きは止められなくても、武器を狙えば攻撃の軌道を外すことはできる。

――今！

私は銃口を、無防備な女の顔面にポイントした。

「逃げろ明良《あきら》ァ！」

シュエの叫びで、私はとっさに射撃をやめ横へ跳ぶ。

立て続けの銃声が鳴り響くとともに、大女の胸部からマズルフラッシュの炎が閃光《せんこう》を発するのが見えた。

「くっ――」

私とシュエはそろってソファの後方へ飛びこむ。

容赦ない射撃が高級家具を蜂の巣にし、今にも突き破ってきそうな勢いだ。その下にうずくまって悲鳴を上げている凛音《りおん》を見つけ、彼女の身体《からだ》を抱きしめる。

しかし大女は、両手に刀を持ったままどうやって銃を撃ったというのか。

その謎は、彼女の胸——開いたロングコートの合わせ目から突き出す、二挺《にちょう》拳銃を握った三本目と四本目の腕が明かしていた。

そして合わせ目の奥で光る、何者かの鋭い眼光。

「《四本腕《クアドラ》》……！　コイツがそうか」

シュエが呻《うめ》くように、その素性《すじょう》を言い当てる。

二つ名を聞いて戦慄《せんりつ》が背中を走った。現在《プロキシー》の世界ランキング三位に位置づけられる殺し屋。シュエよりも格上の凄腕《すごうで》が、よりによって凛音暗殺に指名されたのだ。

クアドラ。インド神話の女神カーリーのごとく四本の腕を持つと言われた伝説の実態は、二人一体の殺し屋だった。

司令塔と白兵戦を担当する小兵の上半身役を、機動力と銃撃戦を担当する巨体の下半身役が肩に乗せたフォーメーション。

まるで騎馬戦か二人羽織《ににんばおり》だった。よほど絶妙に呼吸が合わない限り、まともに戦うことなどできないはずだ。しかしクアドラの戦闘力は、それによりハンデどころか相乗されている。

「こっちは生まれたときから一緒の姉妹でね——《四本腕《クアドラ》》の正体を見た者は、誰も生きては帰れないのよ！」

文字どおり奥の手を見せたクアドラは、その倍化した戦闘力を全開に猛攻をかけてきた。

銃撃による猛弾幕でこちらの位置を釘付けにすると、床を蹴《け》って空中に飛翔。

降下しざま、双刀のマシェットで頭上から斬《き》りかかってくる。銃から剣へ持ち替えるタイムラグが存在しない、恐ろしくシームレスな連続攻撃だった。

ソファもテーブルも、お構いなしに切り刻んでいく刃の暴風が荒れ狂う。私はたまらず、凛《り》音《おん》をかばいながら身をかわし続けるので精一杯だった。

「くッ……！」

絶体絶命。まさにその言葉がふさわしい状況。

その中で、ふいにマンションのドアを激しく叩《たた》く音が響いた。

『警察よ！　ここを開けなさい！』

いつかの女刑事——花菱繭《はなびしまゆ》の声だ。あれからずっと地元へ帰らず、私の近くで張り込んでいたらしい。厄介《やっかい》なストーカーじみているが、今は地獄に仏のようにも感じる。

シュエと視線が交錯した。アイコンタクトで、阿吽の呼吸が成立する。

私はクアドラの唯一空いた顔面を狙って拳銃を連射。両腕のガードを上げさせた隙《すき》に、シュエがテーブルを飛び越えドロップキックを見舞っていった。

それを受けたクアドラの巨体が揺らぐ。その顔に、初めて焦《あせ》りめいた表情が浮かんだのを私は見逃さなかった。

銃弾でも斬撃でもなく、肉弾攻撃による不意の衝撃――それが恐らく、二人一体ゆえのバランスを揺さぶるクアドラの弱点だ。

「明良《あきら》ァ！　凛音を連れて外へ逃げろ！」

シュエは着地すると、右手の拳銃を連射しながら左手のナイフを振るいクアドラへ肉迫していく。マシェットとナイフが激しく打ち合い、火花を散らした。

「ちょーいちょいッ、そういう横槍《よこやり》は殺し屋の仁義にもとるんじゃないの《ブラック・ビー》！　あんた、この業界で生きていけなくなるよ！」

「うるせえッ、てめえらの口をふさげば万事解決だろうが！　ここで二人まとめてブッ殺してやるぜッ！」

激突するシュエとクアドラの声を背中に、私は凛音の手を引き玄関へ向かう。靴を履く間もなく、ドアを開けて外に飛び出す。

「明良さん！」

そこにいた繭が、私と凛音を誘導して走り出す。

「駐車場に私の車があるわ！　こっちへ！」

「ありがとう、繭。助かったわ」

凛音の手を引いて走りながら、私はシュエを残してきた部屋を一度だけ振り返った。

Mission.4
ウィンター・アゲイン

「お久しぶりっす～。アーニャ先輩♪」

《家《ドーミク》》の申し子と呼ばれた次世代エース、ラードゥガ・ロマノヴァ。

私を追って放たれた刺客《しかく》は、よりによって現在の組織において最強であろう殺人機械《キラーマシーン》だった。

ついにこの日がきたかという思いに、心臓が凍《い》てつくような軋《きし》みをあげる。

そのラードゥガは、私にまったく気づかれることなくこの3LDKへ侵入し……あまつさえ、眠っている私の枕元まであっさり接近を果たしていたのだ。

ラードゥガはベッドの脇にある出窓に腰を下ろし、すぐ足下にある私の顔を見下ろしている。

半ば開いた窓から吹きこむ夜風が、彼女の黒いくせっ毛をさらさらと揺らしていた。

こうなってしまう状態まで、気配に気づくことができなかった痛恨のミス。

いや、これが現役とリタイアした者の差ということなのだろうか。

もしラードゥガにその気があれば、私はとっくに死んでいただろう。のみならず、今も隣ですやすやと眠る旭姫《あさひ》もまた。

絶体絶命。チェスで言えばチェックメイトの状態だが、ここから逆襲するにはどうすればいいのか……寝起きの脳は、自己の生存と旭姫を守る道を探すべくフル回転をはじめていた。

「かわいい猫ちゃんすね～。飼ってるんすか？」

ベッドの上でふくらんだり縮んだりを繰り返しているピロシキを、ラードゥガが微笑《ほほえ》ましげに見下ろした。

こげ茶と白のハチワレは、侵入者の気配にまったく気づかず爆睡している。犬なら主人の危機に気づかぬ無能を責められるかもしれないが、猫なので仕方がないと言えるだろう。

「……君は誰だ？　人違いではないだろうか」

とりあえずは会話を引き延ばし、なんとか隙《すき》を作り出す作戦に私は出た。

というより、手も足も出ないこの状況下で可能なことはそれぐらいだ。動いた瞬間、間違いなく一撃で仕留められるような予感があった。

「ぐしっ！」

突如《とつじょ》、ラードゥガが不気味な声を発した。笑ったらしい。

「ぐししし……ここでそんなベタベタな方向にいっちゃいます？　面白すぎっすよ、先輩。日本にきてギャグセンス開花したんじゃないっすか？」

「私は君の探している人物ではない」

「いやいや、どう見てもアーニャ先輩じゃないっすか。アンナ・グラッカヤさんっすよね？」

「アーニャはアーニャでも、アンナではなくアナスタシアだ。そう……私の名はアナスタシア・ゴロニャンコ。アンナ・グラッカヤではない」

ズバッとラードゥガが鼻水を噴き出した。笑ったらしい。

「ちょっと勘弁してくださいっすよ～。どう考えても秒で作った名前じゃないっすか～」

ひとしきり笑うラードゥガの姿に、隙《すき》を見出《みいだ》そうと意識を集中する。

が、次の瞬間には無理だと悟った。

いつの間にか、鳩尾《みぞおち》に静かな圧力が沈みこむのを感じたためだ。まるで、私の思考を先回りするかのようなタイミングで。

ラードゥガのつま先が、ナイフのようにぴたりとそこへあてがわれていた。

もし私が動こうとすれば、布団ごしに必殺の蹴《け》りが突き刺さるだろう。ラードゥガの足技の恐ろしさは、かつて直接この目で見届けていた。

あのとき《家《ドーミク》》の教官が反応できなかった連続蹴り。その真髄《しんずい》はスピードのみならず、視認が困難な至近距離から放たれるがゆえと私は看破していた。

通常、あらゆる打撃技は威力を発揮するために最適な距離の空間を必要とする。

しかしラードゥガの蹴りは違う。たとえ密着したこの状態からであっても、肋骨《ろっこつ》ごと臓器を破壊できるような威力をこの小さな足は秘めている。

中国武術である詠春拳《えいしゅんけん》をルーツに持つ近代格闘技・ジークンドーにワンインチ・パンチというゼロ距離からの拳打があるが、いわばワンインチ・キックとでも言うべきものだ。

そこにいる少女が、見た目の愛嬌《あいきょう》やゆるさとはかけ離れた人間兵器であるという事実。

私はそれを、戦慄《せんりつ》の冷や汗とともにあらためて実感していた。

「まあでも、別人っていうのはある意味正しいのかもっすね～。正直、ここまで錆《さ》びついてるとは思わなかったたっすから。ラーちゃん、割と幻滅っす」

いつの間にか、ラードゥガから笑顔が消えていた。

黄金《ゴールド》に近い琥珀《こはく》の瞳には、一切の温もりを感じない非人間的で硬質な光が浮かんでいる。

暴力で他人の命を奪うことに微塵《みじん》の躊躇《ちゅうちょ》もない、暗殺者の眼光。かつては私も、このラードゥガと同じ目で世界のすべてを見ていたはずだ。

「ぶっちゃけ、絶対に罠だと思ってドキドキしたっすよ。でもここまで接近しても、スヤスヤ快眠してるんで拍子抜けしたっす。むしろアーニャ先輩の寝顔がかわいすぎて、違う意味でドキドキしちゃったっすね」

ラードゥガが再び笑う。しかし、その瞳の冷酷《れいこく》な光だけは変わっていなかった。

「いつかのリベンジをしたいなんてちょっとだけ思ってたっすけど、もうやる意味もなさそうっすね……そしたらあとは任務だけなんで、さっさと終わらせちゃおうと思うっす」

私は一世一代の集中力で、鳩尾に突きつけられたラードゥガの足から彼女が動く予兆を読む。コンマ秒以下の世界でのその読み合いに敗れれば、致命傷を受けるのは間違いない。

だが、絶対にやり遂げなければならない。

隣で眠っている旭姫《あさひ》を、ラードゥガが見逃してくれるという保証はないのだから。彼女を守るためにも、私はここで敗北するわけにはいかないのだ。

「さようならっす、先輩《ダスヴィダーニャ》」

運命を決める刹那《せつな》を前に、濃縮された時間感覚が——

「させねーし」

突然、夜に響いた新たな声にリセットされていた。

ベッドをはさんで反対側。寝室のドアを背に、いつの間にか赤い髪の少女が立っていた。

「エニュオー!?」

そこにいたのはエニュオーだった。CIAパラミリのエージェントである彼女のグリーンの瞳が、こちらを見て微笑《ほほえ》む。

「アンナちんのボディガード任務、やっと役に立つときがきたし。二四時間、ウチらのチームでばっちり見守ってるかんね。安心するし」

チーム《グライアイ》三姉妹の四人目——アメリカの軍事衛星に接続した人工知能《AI》であるデイノーは、衛星軌道上から私の自宅周辺を機械ならではの不休の態勢で監視していると聞く。

それにしてもおそるべきは、エニュオーの持つ気配遮断《スニーキング》のスキルであった。私はおろか、現役の暗殺者であるラードゥガにさえ今まで感知されることはなかったのだから。

「ほわ〜、びっくりしたっす……アーニャ先輩、こんなおっかない後ろ盾《ケツモチ》いつの間につけてたんすか。聞いてないっすよ〜」

エニュオーの右手には、減音器《サプレッサー》を装着した拳銃が握られている。

その銃口は静かにラードゥガをポイントしていた。互いにせまい室内。狙いを外すことはありえない距離だ。

「そしたら、こっちも屋上にスタンバらせてる降下突入要員《バックアップ》を呼んじゃったりもできるんすけど……窓ガシャーン割れたり、ドカドカ派手なパーティになるっすよ〜？　流れ弾とかこの女の子に当たっちゃうかもだけど、大丈夫な感じっすか？」

ラードゥガが小型トランシーバーを片手にそう告げた瞬間、その受信ランプが点滅した。

『こちらマンション屋上、ペルシス。伏兵の排除を完了——というわけで、そこにいるてめーは丸裸ですわよ。雑《ざ》ァ〜魚《こ》ッ!!』

絶妙のタイミングでトランシーバーから流れてきたのは、嘲《あざけ》るようなペルシスの声だった。

「あちゃ〜。そういう感じっすか……」

思わずといったふうに、ラードゥガが掌《てのひら》で顔を覆って仰《の》け反《ぞ》った。

そしてそのまま、姿を消した。

「——!?」

背後の窓は半分開いたまま。そこからラードゥガが後ろ向きに身を投じたのだと、遅れて理解が追いついてくる。

窓の外へ顔を出す。ここはマンションの二階だ。

ラードゥガは空中で一回転してアスファルトの路上に着地。膝《ひざ》のバネで落下の衝撃を相殺《そうさい》すると、そのまま反動を利して迷いのない逃走へ入った。

その後を追って、エニュオーが同じように窓から飛び降りていく。

私も彼女に続こうとし、視界に入った旭姫《あさひ》に意識が止まった。そこへ玄関から入ってきたペルシスがやってくる。

「屋上にいた連中の後始末は、《グライアイ》指揮下の現場処理班で対応します。旭姫様の安全は保証いたしますので、どうぞご安心を」

「すまない。私はこのまま、ラードゥガを追跡する」

私はペルシスに後事を託すことにした。すばやく枕元にたたんであった学校制服に着替えると、窓を乗り越え飛び降りていく。

ここでラードゥガをロストしてしまえば、以後の身辺危険度は跳ね上がる。決着は、今夜のうちに果たさなければならないだろう。

(決着……)

私は、何気なく思い浮かべたその言葉の重みに遅れて気づいた。

ラードゥガは、裏切り者を決して許さない《家》《ドーミク》の命令で動いている。かつての私同様、暗殺者としての教育を受けた彼女に説得は通じない。

そうであれば……私は、説得以外の実力でラードゥガを制圧する必要があるだろう。彼女を殺したくはないが、生半可《なまはんか》な手加減をして勝てる相手ではない。

いや、そもそも私はラードゥガに勝てるのか?

さっき彼女自身から指摘されたように、私はもう現役の暗殺者ではない。ラードゥガの言葉を借りるなら、錆《さ》びついてしまった欠陥品なのだから。

渦巻く葛藤《かっとう》を胸にかかえて、深夜の住宅地をひた走った。静寂が落ちた平和な町並みに、私の靴音だけが響き続ける。

ふいにスマートフォンが振動した。通話を受けると、ペルシスの声がスピーカーから流れる。

『エニュオー姉様が、逃走した敵に追いつきました。現在地は、鴨橋《ひよどりばし》二丁目公園内です』

生活圏にある、いつも敷地内の遊歩道を通る広い公園だ。

いつか《コーシカ》こと宗像夜霧《むなかたよぎり》と邂逅《かいこう》し、ペムプレードーに待ち伏せを仕掛けられた、私にとって因縁《いんねん》深い場所でもあった。

私は走る速度を上げ、ここからショートカットできる近道をフルに使い公園へと急行する。

果たして、飛びこんだ深夜の公園内では――

（もう始まっているのか……!?）

遊歩道で対峙《たいじ》したエニュオーとラードゥガの間で、戦闘の火蓋《ひぶた》が今まさに切られようとしている瞬間だった。

「おや？　拳銃持ってたのに使わないんすか？」

エニュオーの手には、さっき持っていた減音器《サプレッサー》付きのグロックはない。対するラードゥガも同じく素手だった。

「ペム姉……ウチらの指揮官の命令でさ～。なんか《家《ドーミク》》って組織の情報が知りたいから、できれば生け捕りにしろってことなんよね」

エニュオーは、大きく胸元が開いたアメスク風ブラウスにギンガムチェックのミニスカート。秋冬仕様で、厚手の黒いカーディガンをブラウスの上に着ていた。

「そっちは？　持ってるんなら全然使っていーよ？」

対するラードゥガは、この街で行動しやすいようにか私と同じ黒のセーラー服をまとっている。年齢も私に近いので、まったく違和感はない。

「こっちも素手でいいっす。というかギャルのお姉さん、この距離だともう銃とか通じないタイプの人っすよね？　強者感《オーラ》バリバリ出てるんで、初対面でもわかるっす」

「オッケー、ノリいいじゃん。同じく初対面だけど、気に入ったし！」

エニュオーが笑みを返し、言葉の応酬《おうしゅう》はそれきり途絶えた。

空気が帯電したかのような緊張を帯びはじめる。どちらにも動きはないのに、すでに激闘は開始されていると伝わってきた。

一触即発の見えざる攻防。こうしている間にも、視線や筋肉の微妙な動き、左右の足に振り分けられる重心の読み合いといった情報戦が飛び交っているのだ。

介入すべきかどうか迷った一瞬の間に、戦端は開かれた。

どうやら私が到着した気配が二人に伝わったことで、ともにその変化を起爆剤に使ったということらしい。

そう思った瞬間、私はもうエニュオーを視界からロストしていた。

あらゆる後天的な訓練や成長で至れる限界をぶっちぎる、生まれ持った獣《けもの》の反応速度。

エニュオーの強みである人間離れした「獣速」は、ラードゥガとの間に存在した距離を一瞬にして消し飛ばす。

キックの距離が、パンチの距離が、対応する間もなくゼロになる。

おそらくは想定外の速度で、間合いの内側へと入りこまれたラードゥガは——しかし、今こそ黄金《ゴールド》の瞳を殺意に輝かせていた。

通常ならば、あらゆる打撃技が無力化される負の間合い。

だが、そここそが彼女が真価を発揮する必殺領域《キルゾーン》であるのだから。

ラードゥガ特有の、ゼロ距離からで発動するワンインチ・キックがエニュオーにカウンターで炸裂《さくれつ》した。

まず膝蹴《ひざげ》りがボディにめりこみ、衝撃でわずかに開いた空間に前蹴《まえげ》りが連続で突き刺さる。

「…………効ッくぅぅ——っ！」

出会い頭《がしら》のツーヒットコンボを叩《たた》きこまれたエニュオーの顔が苦しげに歪《ゆが》み、そして笑った。

「耐えたっすか⁉」

さすがのラードゥガが驚きに目を見開く。

鍵《かぎ》は、体格差と寸前での踏み切りだ。

身長一四九センチ、体重四四キロの私とほぼ同体格のラードゥガ。対してエニュオーの身長は一七〇センチを超え、体重も六〇キロ以上はあるだろう。筋肉量もふくめれば肉体面《フイジカル》での差はもっと開く。

だが、単なる体格差だけなら今の二撃を受けて立っていられるはずもない。実際、エニュオーよりずっとサイズが大きい教官が瞬殺される光景を私は見ている。

もうひとつの鍵は――エニュオーが踏み切った後の路上に残された、二つ目の足跡。

エニュオーはラードゥガの間合いに侵入する直前、あえてもう一度踏み切ることで着地と再加速を行ったのである。

そのため突進の速度そのものは一度そこで落ちた。エニュオーの「獣速」をもってしてもラードゥガの蹴《け》りをかわせなかったのは、その減速が原因だ。

だがその代わり、着地時の踏んばりによりエニュオー自身の質量が増大した。

いわば軽くて高速のテニスボールから鈍足だが重さのある鉄球へと自分を変えて、ラードゥガにブチ当たったのである。つまり、最初から喰《く》らう前提で当たり勝ちした。

肉を切らせて骨を断つ。手の内が読めない初見の敵に対して、思いきりがよすぎる戦法であった。これもまた、エニュオーならではの野獣的センスがなした選択か。

「つかまえたしっ」

エニュオーの右腕がラードゥガの首をかかえ、左腕が蹴り足の膝裏《ひざうら》をすくい上げる。

そのまま背中を仰け反《のぞ》らせてブリッジし、豪快な投げで後方へ持っていった。

捕獲投げ《キャプチユード》と呼ばれる、蹴りに対するカウンターのスープレックスだ。吸いこまれた相手は首と片足をロックされたまま、頭から地面に叩《たた》きつけられる。

だがその寸前。空気が弾《はじ》けるような音が響き、ラードゥガの身体《からだ》はすっぽ抜けたかのように虚空《こくう》へと逃れていた。

エニュオーのブラウスの胸部に、新たに刻印された足形が見える。逆さに投げ落とされながら、ワンインチ・キックを叩きこんだ反動で自らの身体を蹴り離したのだ。

スープレックスが不発に終わったエニュオーが地面で受け身を取り、ラードゥガは空中で一回転し四点着地を果たした。

ともに立ち上がった両者は、再び距離をとって対峙《たいじ》する。

今度も先に動いたのはエニュオーだった。やはり先制権《イニシアチブ》は「獣速」を持つ彼女のほうにある。

それに対し、スピードで劣るラードゥガは。

「すぅぅ――」

その場を動くことなく、深く息を吸いこみながら突進を待ち受ける構え。

間合いの概念を超越したラードゥガの変幻自在の打撃に対し、エニュオーの「獣速」がそれをかい潜《くぐ》れるかどうかの勝負と私は見た。

しかし、その予断はあっさりと外されたのだった。

深呼吸を止めたラードゥガの口が、大きく開くのを私は見る。

両者が交錯する寸前。先に効力を発揮したのは、ラードゥガの起こした行動のほうであった──速度において劣り、エニュオーに先制を奪われたはずの。

なぜなら、その行動は「獣速」をも超える「音速」で放たれていたのだから。

もちろん、人間が音速で動くことなど可能なはずもない。文字通りの意味でそれが「音」そのものであったということだ。

つまりは──

「あ!!」

発声。

ラードゥガがエニュオーに対し実行したのは、ただ大声を張り上げるという行為であった。

それも横隔膜《おうかくまく》を爆発的に振動させる特殊な技法を用いたらしく、凄《すさ》まじく大音量の声を。

声とは空気の振動という物理現象であり、度を超した音量のそれは聴覚器官から脳に直接ダメージを与える攻撃──つまりは、閃光手榴弾《フラッシュバン》やLRADなどの音響兵器と同類である。

至近距離からの超大声を浴びせられたエニュオーは、脳への直接干渉からの逃れえない生理反射により、その全身をほんの一瞬硬直させた。

そしてこのレベルの戦いにおいて、一瞬のロスは致命の隙《すき》となる。

ラードゥガの小柄な身体《からだ》が、残像を引いて躍動した。

炸裂《さくれつ》したのは、いつか私も見た超至近距離からの三段蹴《げ》りだ。

内臓を突き破る前蹴り、喉仏《のどぼとけ》を刈る足刀、とどめとなる顔面への跳び膝蹴《ひざげ》り。

閃光《せんこう》の中で三つの打撃音が一つに重なり、エニュオーの長身が宙に舞う。

「がはぁ……ッ！」

どうと倒れたエニュオーが、口から激しく血を吐くのが見えた。

「エニュオー!?」

彼女を救うべく飛び出しかけた私の足が、その場で動かず釘付けになった。

私へと向けられた、エニュオーの開いた五本の指。

まっすぐに伸ばされた彼女の腕とその掌《てのひら》に宿る意志力の強さに、思わず圧倒されてしまったのだ。

「……護《まも》るし！」

そして額から流れる血に染まった顔で、エニュオーは私を見ながら笑ったのだった。

「アンナちんは、あたしが護るのがチームとしての役目だし……！　だから心配ご無用、安心して見ててい－よ？」

脇腹を押さえて立ち上がったエニュオーの足取りは、ふらついている。

今の被弾で負ったダメージは、決して軽微ではないだろう。

「さすがっすね、ギャルのお姉さん。身体《からだ》固まって反射が殺された状態でも、ギリ急所だけは外したっすか。野生の本能って感じっすね～……ラーちゃん史上、あのときのアーニャ先輩の次ぐらいにヤバい相手っす」

ラードゥガが素で感心しているとおりだった。

額が割れて流血しているのは、一撃必倒の急所である人中《じんちゅう》を狙った跳び膝《ひざ》をそこで受けるダメージコントロールを行ったから。

とはいえ、完全に無傷であるはずもない。前蹴《まえげ》りで内臓を破壊されなかった代わりに、肋骨《ろっこつ》の何本かは持っていかれたはずだ。喉仏《のどぼとけ》の急所を狙った足刀も直撃はかわしたものの、胸骨にヒビが入っているかもしれない。

「でも結構キツそうっすよ？　次もっとギア上げてくっすけど、大丈夫な感じっすか？」

「全然オッケー！　むしろ耳キーンしてるほうが痛いぐらいだし？」

二人が獰猛《どうもう》な笑みを交わしあう。

私は対峙《たいじ》する彼女たちの呼吸を測り、介入する一瞬のタイミングを見定めていた。

さっきはエニュオーに固辞されたが、劣勢の彼女を前にしてこのまま何もしないわけにはいかない。何よりこれは、私自身の問題なのだから。

そして三度《みたび》、戦端が開かれる。

この戦いで初めて、ラードゥガが先制を奪った。やはり負傷の影響はエニュオーの武器である「獣速」にも響いている。出足が鈍い。

間合いに入った瞬間、ラードゥガの姿が上下左右に分裂したかのような錯覚が襲う。目にもとまらぬ体《たい》さばきから、鞭《むち》めいてしなる高速の蹴《け》りが五連撃で繰り出された。

エニュオーはフィジカルの強さを活《い》かし、正面からの受けさばきに専念。パワフルな攻撃的ガードでラードゥガの体軸を崩させると、そこへ大きく踏みこんでからの肘《ひじ》打《う》ちをねじこんでいった。

「もらいっす！」

だが、それは誘いの罠だった。待ち受けたラードゥガのワンインチ・キックが、カウンターでエニュオーのボディに突き刺さる。

「ッ……！」

エニュオーの身体が激痛に硬直する。さっき傷めた箇所を正確に狙撃したのだろう。

ラードゥガの双瞳が、殺意の黄金《ゴールド》に輝きを発する。とどめを狙う気だ。

今しかない——私はその瞬間、二人の間に割りこむべく飛び出していた。

だが、ラードゥガがこちらを見て笑ったのを見て戦慄《せんりつ》が走る。介入のタイミングが完全に読まれていた。

そして、彼女の右手には今までなかった金属の武器――流線型のスローイング・ダガーの放つ光が見えた。

（しまった……！）

私が介入するよりも早く、投げナイフですばやくエニュオーを始末するつもりだ。

これが素手に限定された試合ではなく、ルール無用の殺し合いだというのを忘れていたわけではない。だが、ラードゥガの見せる独特の愛嬌《あいきょう》やペースで欺瞞《ぎまん》されていたのは事実。不覚というしかなかった。

そして、ラードゥガの右腕が一閃《いっせん》した。

私は思わず目をつむってしまう。

無防備なエニュオーの心臓を、放たれた凶刃が貫く瞬間を見たくなかったからではない。

眼前でまばゆい光が炸裂《さくれつ》したからだ。

閃光《せんこう》と空気を震わす衝撃――爆発が、唸《うな》り飛ぶスローイング・ダガーを空中で吹き飛ばしていた。

立ちこめる硝煙《しょうえん》の中……

「アンナ様をお護《まも》りする見事な覚悟、あらためて感服いたしました――エニュオー姉様」

私は、声が聴こえたそちらに目を凝《こ》らす。

真夜中の遊歩道に静かな歩みを進めてくるのは、黒いゴシック衣装をまとう眼帯の少女。

「ペルシス！」

スローイング・ダガーを空中で爆破してのけたのは、爆弾使いであるペルシスの仕業であった。後方での処理を終え、たった今この場へ到着したらしい。

「ペルっち～、ナイスフォロー！」

「当然です。私たちはチームにして魂の姉妹。さあ、あのクソビッチをブッ飛ばしますわよ！」

ラードゥガは二対一となった状況を前にしても、飄々《ひょうひょう》とした態度を崩す様子がない。むしろ楽しみが増えたとばかりに、その表情は輝いている。

「さっきの声の人っすね？　へえ～、そういう感じの持ってるっすか。じゃあ……」

言葉の途中で、ラードゥガの全身が残像を引いて飛び出す。

「お手並み拝見といくっす！」

ラードゥガが向かうのはペルシスだった。手負いのエニュオーよりも、未知数の戦力である彼女のほうを先に叩《たた》いておく判断なのだろう。

間合いに飛びこんでくるラードゥガを迎え撃つように、ペルシスが構える。

空気を引き裂く破裂音が連続して響いた。ラードゥガの放つ圧倒的手数。

ペルシスはガードに専念し、ラードゥガの神速の蹴《け》りを正確に受けさばき続ける。

「なかなか堅い防御っすね～。なら、もうちょっと上げてきますけど付いてこれるっす？」

ラードゥガが攻撃の回転数を上げる気配を見せた――と同時。

「そっちも忘れてないっすよ、チーム戦っすよね!?」

ラードゥガが後方へ急転回する。そこには、今まさに攻撃へ入ろうとするタイミングのエニユオーがいた。

死角からの奇襲も完全に読まれていた。ラードゥガの絶妙なカウンターが、エニユオーへと向かう。

「かかったなアホが!!」

だがそこへ、ペルシスが攻撃をガードすると同時に相手へ仕掛けていた罠——吸着式小型爆弾のスイッチを入れた。爆弾使いである彼女の脅威は、格闘戦においても発揮される。

瞬間。

「ッ!?」

起爆した小型爆弾が、彼女の身体《からだ》を吹き飛ばしていた。

爆発の衝撃を受けて転がったのは、ラードゥガではなかった。

仕掛けたほうのペルシスである。なぜか、スイッチを入れた瞬間に彼女の左肩と胸で爆発が起こったのだ。

「なッ……!?」

何が起こったのかわからぬままのペルシスを放置し、ラードゥガはエニユオーをカウンターの一撃でダウンさせた。

きびすを返すと、今度は転倒したペルシスへの追撃に移行。二対一をまったく苦にもしない無双ぶりである。

「惜しかったっすね～。さっき、ギャルのお姉さんを助けたのが失策だったっす。あそこで手の内を見せてなけりゃ、今の仕込みも決まってたかもしれないっすね」

あの一瞬の攻防の中。自分に仕掛けられた小型爆弾の存在を見破るだけでなく、ペルシスへ逆に貼りつけ返していたのだ。おそるべきはラードゥガの反射神経と冷静さと言える。

うなり飛んだラードゥガの蹴《け》りが、ペルシスの左側頭部へまともにめりこんだ。

「ガッ……！」

強烈な衝撃に左目を覆う眼帯が外れ、その下の眼窩《がんか》から義眼が内圧で飛び出す。

そちらへ向かいかけた私の足が、ペルシスの浮かべた獰猛《どうもう》な笑みを見て固まった。

「ペルシス！」

「アンナ様……あぶねーですから下がっててくださいませ」

強烈な一撃でなぎ倒されながらも、ペルシスはこぼれ落ちた義眼を左手でキャッチ。そのまま、前方にいるラードゥガへ向けて投げつけていた。

より大きな爆発が起こり、一帯に煙と砂塵《さじん》がもうもうと立ちこめる。

どうやら義眼《あれ》にも爆弾が仕込まれていたらしい。となると直前の蹴りも、義眼を素早く摘出するためにあえて受けたと見るべきだろうか。

「結構よかったっすけど、ちょっとノーコンすぎっす。明後日《あさって》の方向で爆発したっすよ」

煙の中から、ラードゥガの声が聞こえてきた。どうやら、爆発の圏内に彼女を巻きこむのには失敗したようだ。

「……バァ〜カ。狙いどおりですわよ、ゴミクソビッチが」

ペルシスが嗤《わら》うとともに、何かに気づいたラードゥガの表情に戦慄《せんりつ》が走る。

その目には、爆発によって一帯に立ちこめた煙が映っていた。

閉ざされた視界の中。敵の位置を把握《はあく》するためには、聴覚や嗅覚《きゆうかく》といった視覚以外の感覚を使う必要がある。つまりは、それによって目に見える姿以外の気配を察知するために。

そして、エニュオーに備わった「獣速」以外のもう一つの特殊スキルは——

「やっぱりてめーは、チーム戦だってことを忘れてやがりますわね」

気配遮断による隠身《スニーキング》。

爆煙を突き破って飛び出したのは、死角からのエニュオーの拳《こぶし》。先ほど部屋に現れたときもそうだったように、ラードゥガは彼女の気配を察知することができなかった。

「ぬぅぅぅんッ!!」

飛び退《の》こうとした動きよりも、わずかに早く。

振りぬかれたエニュオー渾身《こんしん》の一撃が、ラードゥガの顎《あご》へ隕石《いんせき》のごとく激突する。

ペルシスの投じた義眼爆弾は、最初からラードゥガ自身を狙ったものではなかった。噴煙で視界を奪い索敵勝負に持ちこむことで、この連携へとつなぐためのものだ。

「ぐはァッ……!!」

この戦いがはじまって、初めての被弾。

白目をむいたラードゥガが、後方へ大きく吹き飛んだ。

遊歩道の上でバウンドした小柄な身体《からだ》は、受け身を取れず人形のように転がり続けていく。

たった一撃もらっただけだが、今のは十分に致命打となりうるダメージだろう。

ラードゥガの弱点は、同体格の私と共通するものだからよくわかる。つまり、軽量ゆえの打たれ弱さ。体重差のある相手と戦う際には、決してうかつな被弾が許されないことだ。

「く……くぅ～っ、めちゃくちゃ効いたっす……世界が回ってるっす～……」

事実、ラードゥガは四つん這《ば》いになったまま容易には立ち上がってこれない様子。

あれほど見事に顎《あご》を打ち抜かれては、脳が激しく揺さぶられたのは想像に難《かた》くない。手足が力なく痙攣《けいれん》し、動きも完全に止まっている。

もはや彼女は立ち上がれず、勝負はこれにて決したかに見えた。

「参ったっすね……これじゃ、もう……」

顔を上げたラードゥガの、黄金《ゴールド》に近い琥珀《こはく》の瞳。そこに宿る異様な光を見るまでは。

その目の光と表情を、私はかつて一度見たことがあった。

あれは、確か――

「本気、出すしかなくなっちゃったじゃないっすか」

私との実戦スパーリングの後で、彼女が見せた気配の変化。

あの日、私へとぶつけられるはずだった……《家《ドーミク》》の申し子と呼ばれる秘密の切り札。

それをここで、ラードゥガは出そうというのだ。

「が……あ、ああァァ……ッ」

しかし、ラードゥガが次に見せたのはより苦悶《くもん》する姿であった。

目を見開き、歯を食いしばりながら、巨大な苦痛に耐えていることが伝わってくる。

エニュオーとペルシスも、突如《とつじょ》苦しみだした彼女の姿に面食らっていた。

「ぐううう……ッ、し、死ぬぅぅ……ッ」

ラードゥガが前のめりにうずくまり、胸をかきむしりはじめた。

その皮膚《ひふ》一面が紫色に変色し、どす黒い死斑《しはん》のような痣《あざ》を浮かべている。

私はそれが何かを、この場の誰よりもよく知っていた。

「《血に潜みし戒めの誓約《クローフィ・クリャートヴァ》》……！」

組織が構成員の体内に移植した、裏切り阻止のための殺人ウィルス。その発症時の症状に間違いなかった。

私が初めて殺した少女――クラーラ・ルミノワもまた、死の直前にこの激しい苦痛に苛《さいな》まれていたのを憶《おぼ》えている。

発症から一〇分以内に宿主を必ず死に至らしめる、おそるべき終焉《しゅうえん》の御使《みつか》い。その発症を中和するには、組織が開発した抑制剤を体内に射ちこむしかない。

しかしラードゥガは、苦悶するのみで一向にそれを使おうとはしなかった。組織の暗殺者である彼女が携帯していないはずはないというのに。

ドッ、ドッ、ドッ、ドッ……

ふいに、トラックのエンジン音のような低く重い轟《とどろ》きが耳に聴こえてきた。

車など視界内に存在してはいない。ゆえに、これはエンジン音ではない。

ならば、この音は……

「心臓の……鼓動？」

ラードゥガの体内から響いてくる、異常な大きさの拍動音だった。

そして心臓の脈動が一つ打つたびに、彼女の身体《からだ》に変化が起こっていた。

全身の皮膚を覆っていた紫黒の死斑が、みるみる溶けるように消えていくのだ。

肌は元の健康な色を取り戻し、四つん這《ば》いでうずくまっていたラードゥガはゆっくりと身を起こしていく。

立ち上がったラードゥガが、おもむろに顔を上げた。

「よっしゃ裏返ったッッ！　ラーちゃん無敵モードォォッ!!」

そして晴れ晴れとした声を元気に張り上げ、子供のようなガッツポーズを決める。

とてもさっきまで、殺人ウィルスで死にかけていた人間とは思えない。というより……その致死であるはずのウィルスの効能は、いったいどうなったというんだ？

何もかもが謎の中、いち早く行動を起こしたのはペルシスとエニュオーだった。

「ペルっち――なんかやばいし！」

「はい、姉様！　速攻でとどめをブッ刺しておくのが吉です！」

戦士の勘で、こうなったラードゥガの危険度を察知したのだろう。

ペルシスが、おそらくは手持ちのすべてであろう小型爆弾を一斉に投擲《とうてき》した。同時に、エニュオーが負傷の痛みを無視して「獣速」を発動。棒立ちのラードゥガへと襲いかかっていく。

次の刹那《せつな》。

私が見たものは、およそ信じがたい光景だった。

ラードゥガが右脚を高々と持ち上げた。テコンドーの踵落《ネリヨチヤギ》としよりも真上へ、I字バランスと言っていいほどの垂直に。

そして、それを一気に真下へ撃ち落とす。

遊歩道の石畳が、靴形にめりこみ爆発した。砕けた破片が鉄球地雷《クレイモア》のごとく八方へ飛び散る。そして襲いきた小型爆弾に命中すると、次々に誘爆させていく。

その瞬間には、振り下ろした震脚《しんきゃく》の反動を使いロケットじみた加速で飛び出していた。

空中に乱れ咲く爆炎を背に、唖然《あぜん》とするペルシスの懐《ふところ》へ一瞬で到達。流星のような跳び蹴《げ》りを、ペルシスのボディに叩《たた》きこんでいた。

吹っ飛んだ身体《からだ》が、一〇メートルは離れた鉄製の常夜灯に背中から激突した。

衝撃で白目をむいたペルシスが、真下の芝生へ顔から落ちて動かなくなる。確認するまでもなく、一撃で戦闘不能になったのは間違いない。

「うっおおおお――ッッ！」

だが着地の瞬間を狙いすまし、エニュオーが渾身《こんしん》の弾丸タックルを決めていた。

そのまま軽量のラードゥガを地面へと叩きつけ――

「……うっそッ、動かない!?」

瞠目《どうもく》するエニュオー。彼女よりずっと小柄なラードゥガが、特に踏ん張るでもなく体幹の力だけで耐えている。交通事故にも匹敵する勢いの、「獣速」から放たれた猛タックルを。

「情熱的なハグっすね～。ラーちゃんもギャルのお姉さんの爆乳、もっと味わってみたいっす」

ラードゥガが逆に、エニュオーの背中に腕を回して抱きしめる。

そのまま力をこめると、肋骨《ろっこつ》がへし折れる乾いた音が鳴り響いた。

「がはッ――」

全身から力が抜けたエニュオーが、ラードゥガの足下に崩れ落ちて失神する。

私は、一瞬で《グライアイ》の二人を無力化した脅威の前に声を失っていた。

スピードだけではなく、パワーまでもがさっきまでとは桁違《けたちが》いに跳ね上がっている。

「おまえは、いったい……」

ラードゥガがこちらを向いて、無邪気な笑顔を見せた。

「これが《家》《ドーミク》の申し子と呼ばれる理由っす。《血に潜みし戒めの誓約》《クローフィ・クリヤートヴァ》のヤバいウィルスを、ラーちゃんはもっとヤバい肉体強化成分《ドービング》に体内で変えることができるんすよ。いわゆる特異体質ってやつっすね」

告げられた衝撃の事実に、私は言葉を奪われてしまっていた。

誰もが怖《おそ》れる殺人ウィルスの効能を自在に反転させ、無効化どころか自身の肉体を強化させる力に変えるなど、悪魔の恩寵《おんちょう》を受けているとしか思えない。おそらくは何億人、何十億人に一人という選ばれし超特異体質……申し子という呼び名もうなずける。

「あれ？　アーニャ先輩、いま一歩下がったっすね？」

ラードゥガの言葉で、私は無意識に自分が後ずさりしていることに気づいていた。

そう。私は確かに、恐怖を感じていた。

私はずっと、《家》《ドーミク》に人生を支配されてきた。

その支配と服従の関係は無意識にまで刷りこまれ、組織に対するあらゆる反逆行為は無駄だと信じこまされていた。いわば、神に対する意識にも近いのかもしれない。

それは、マインドコントロールが解け自由の身になった今も本質的には同じだ。

猫の恵みでかりそめの平穏を楽しみながらも、心の奥底ではずっと組織に自分の生存が知られることを怖れていた。

いつか、この日々の終わるときがやってくるという未来へのあきらめ。

自分はもう、平和な世界に生きることは許されないという過去からくる罪悪感。

けれど、ラードゥガに私のような葛藤《かっとう》は微塵《みじん》もないだろう。

なぜなら、彼女にとって《血に潜みし戒めの誓約《クローフィ・クリヤートヴァ》》は死の呪いどころか自らへの祝福でさえあるのだから。

だから、その気になればラードゥガは組織を離脱することさえいつでも可能だ。

その圧倒的な「自由」を手にしながら、マインドコントロールではなく自らの意思で《家《ドーミク》》を自分の居場所と定めている。

私が気圧《けお》されているのは、ラードゥガが手にするその「自由」への憧れと引け目の現れだ。

とても勝てるような相手ではない。

自由になることへの罪悪感とあきらめで自縄自縛《じじょうじばく》となった、こんな中途半端な私では。

「実は今回、《プロキシー》との共同作戦なんす。今、本命を向こうで雇われた殺し屋連中が処理に当たってて、ラーちゃんもそっちにいかないと本当はマズいんすよね。この人たちがちょっと頑張りすぎてくれたんで、肝心のアーニャ先輩と遊ぶ時間がなくなっちゃったっす……味気ないっすけど、もう終わりにするっすね？」

どこか緊張感に欠けたゆるい処刑宣告とともに、私へと歩を詰めてくるラードゥガ。

だが私の意識は、彼女が口走った本命という言葉に反応していた。

「本命……だと?」

「《家《ドーミク》》にとっては、アーニャ先輩よりそっちのほうが優先度が高いって意味っす。《血に潜みし戒めの誓約《クローフイ・クリヤートヴァ》》を無効化する免疫細胞《ワクチン》……《ペトリーシェヴァ・イコライザー》を体内に持ってる女の子なんすけどね。日本側の協力者がその子を探し当てたついでに、その周辺にいるアーニャ先輩の所在もバレたって感じっす」

脳裏に浮かんだ面影《おもかげ》は、一人の少女だった。

外部の殺し屋組織から力を借りてまでも、《家《ドーミク》》が抹殺しようとしている標的。

それは言うまでもなく、凛音《りおん》のことにほかならないだろう。今日、明良《あきら》から伝えられた連絡もそれを予感させるものだった。

「私だけでなく、凛音までも……殺しにきたというのか?」

「それ逆っす。その女の子のほうが優先目標でアーニャ先輩は――ガハッ!?」

ラードゥガの言葉が、突然そこで断ち切られた。

その鳩尾《みぞおち》を問答無用で打ち抜いた、私の拳《こぶし》による一撃によって。

数メートル後方まで吹き飛ばされたラードゥガが、前のめりに身体《からだ》を折り曲げて苦悶《くもん》する。

「……なッ」

やがて、顔を上げて私を見た。信じられないといった驚愕《きょうがく》に、その瞳は見開かれている。

「な、なんすか今の……!? 踏みこみもパンチの発動《おこり》も、全然見えなかったっす……！」

猫の妙術《みょうじゅつ》──「感」の一手。

かつてある日本の侍が著した秘伝であり、私がペムプレードーとの戦いで開眼したものだ。

すべての技はおよそ二種に大別される。

思考によって放たれる「念」の技。

心によって放たれる「感」の技。

前者はその性質上、技が放たれるまでに念すなわち思考のプロセスが介在し、敵に読まれ対応されやすい。

だが後者──「感」の技は、放たれるまでのタイムラグが一切存在しない。思考のプロセスを経由することなく、心すなわち感情と肉体の動きが連動している。

この瞬間、私を動かした感情は『怒り』であった。

組織が、私のみならず凛音《りおん》までも殺しにきたと知らされた瞬間。

許せないという憤《いきどお》りの念が、私の心をかつてないほど熱く燃やした。

たったいまラードゥガに叩《たた》きこまれた拳《こぶし》は、その私の心に立ちのぼった感情が自動的に放ったものだ。決して頭で考えて打った一撃ではない。

《家《ドーミク》》が私を殺しにくるのは構わない。なぜなら私もまた彼らの同族たる殺人者であり、裏切り者。互いに命を奪いあうのは宿命のうちだ。

だが、なんの罪も背負っていない凛音《りおん》は違うだろう。それどころか、彼女は犠牲者《ぎせいしゃ》ですらあるのだから。

ならば……

「許さんぞッ――《家《ドーミク》》!!　ラードゥガ!!」

私は吠《ほ》えた。心に湧き上がる無尽の昂《たか》ぶりが命じるままに。

初めて私は、かつて属した古巣への敵意に燃え上がっていた。

もはやなんの恐怖も負い目も罪悪感もない。ただ、凛音を害そうとする悪意への激しい怒りだけがある。それだけが、今の私を衝《つ》き動かすすべてだった。

「あれ？　なんかいきなり覚醒《かくせい》しちゃった感じっすか～？　うん、いいっすね！　やっぱアーニャ先輩は最高っす！」

喜悦に目を輝かせたラードゥガの姿が残像を引き、風を巻いて襲いかかってくる。

《グライアイ》の二人を瞬殺してのけた、もはや人間を超えた域にまで高まった猛攻を前に。

私は、何もしようとはしなかった。

集中しての受けさばきによる防御、一か八かでかわしてのカウンター狙い、そういった戦略や戦術を一切考えようとはせず……

ただ凛音の面影《おもかげ》を心に思い浮かべ、私の背負った影である悲しき少女を護《まも》りぬくために戦うことを己に誓っていた。

その結果、ラードゥガは勝手に叩《たた》きのめされていく。

私自身の感覚としてはそうだった。今、私は頭で考えて攻防をしていない。自動操縦《オートパイロット》で動く肉体に、私という意識が乗っている――たとえるならば、そんなところだろうか。

「なん、で……ッ」

しかし、ラードゥガにとっては悪夢と戦っているようなものだろう。黄金の瞳は、困惑と焦燥《しょうそう》の光に揺れ続けている。

力も速さも、客観的には間違いなく自分が上。

そう確信できる実力差があるはずなのに、なぜか自分だけが一方的にやられていく。

ラードゥガの放つ攻撃のすべては、ここまで一度も私を捉えることはなかった。反対に、私の攻撃だけが的確に決まり続けていく。

蹴《け》りも拳《こぶし》も、繰り出したときには私はもうそこにいない。私の肉体が絶対の安全地帯と、絶対に命中する攻撃の位置を自動的に選択し続けている。

「ラーちゃんは……今いったい何をされてるっすか!?」

なぜそんなことができているのか、私自身にすらもよくわからない。

ただ心の中には、柔軟で自由な一匹の猫がいた。

それは河川敷の名もなきキジシロであり、我《わ》が家で惰眠《だみん》をむさぼるピロシキであり、天国に旅立ったモーさんであり、小花《こはな》と私の子供とも言えるあめでもあり、またこの世に存在するどの猫とも違うアバターでもあった。

私の中で活動する猫という概念が、徹底的に嫌なことから逃げ自分のしたいことだけを遂行《すいこう》しようとする。私という意識はただ、「自分の中にいる猫」を自由にさせているだけだ。

だが。何度倒されても、ラードゥガはあのときのように歯を食いしばりながら立ち上がってきた。

肉体強化《ドーピング》によって向上したタフネスもあるだろうが、何より彼女は戦うことが好きなのだ。好きだからこそ、思うようにならない展開も、受けた痛みや負傷も、戦いの一部として受け止めることができる。折れることを知らないこの闘志こそが、愛嬌《あいきよう》の下に秘められたラードゥガの真の強さだとも言えた。

「……シン～ッ、なんか、ちょっとずつわかってきたっすよ……うんうん、なるほど、そういう感じっすか……！」

加えて、この天性の直感力と戦闘センスの高さ。ラードゥガならではの油断ならない凄《すご》みが、浮かべた笑みにも宿っていた。

大きく息を吸いこむラードゥガ。何をしようとしているかは、私はもう見て知っていた。

果たして次の瞬間、彼女の口が大きく開き空気が激しく振動する。

超大声《ミラクルボイス》。横隔膜《おうかくまく》の特殊な激振により放たれるラードゥガの生体音響兵器が、私の鼓膜と内耳を直撃した。

これは空気というその場の環境に与える影響であり、私自身を狙った攻撃ではない。よって、猫の妙術《みょうじゅつ》をもってしても対処のしようがなかった。

脳への直接干渉による強制的な生理反射で、私の動きが一瞬固まる。

「もらったっす!!」

そして、ラードゥガにとってはその一瞬があれば十分だった。

関節を外される激痛が、私の右肩に爆発する。

私の腕をキャッチするや、瞬間的にねじり極《き》めきる関節技《サブミツシヨン》を仕掛けたのである。

そして見事、ラードゥガは私の肩を脱臼《だつきゆう》させ腕一本を奪い取った。

どれほど不可解な技を相手が使おうとも、肉体そのものを破壊してしまえば関係ないといった発想。恐ろしいまでの合理的な戦闘思考と、感嘆するしかない実行力の高さだ。

「これでっ――」

だらりと右腕が死んだ私は、そちら側を狙った攻撃に対してガードが不可能。一撃必殺の決め技を放つ絶好のチャンスが、今ラードゥガに到来した。

私にとっては、とてつもなく嫌《いや》な攻撃である。

だからこそ、「私の中の猫」が敏感に反応できる攻撃でもあった。

右側頭部へ襲いきた、ラードゥガの強烈な竜巻蹴《げ》り。私はその足首を狙い、自ら首を振って額を叩《たた》きつけていった。

「ぎっ――」

ラードゥガが苦痛に顔を歪《ゆが》めた。カウンターの頭突きにより、前距腓靱帯《ぜんきょひじんたい》が断裂し距骨《きょこつ》に亀裂《きれつ》が入った感触が伝わる。これもまた関節技《サブミッション》の一種だ。

自重を支え、そして攻撃の基点となる足の一本を奪った。後ろ向きに倒れたラードゥガと視線が出会う。

私を見上げたラードゥガの瞳に、敗北の予感に震える恐怖を見た。

勝負はここに決した――

「グッ!!　う……うぅッ!?」

そのとき。

私の身体《からだ》の隅々を、同時多発的に激しい痛みが襲いはじめた。

心臓を殴りつけ破壊するような不整脈に、呼吸すらもままならない。

まさかのタイミングでの、《血に潜みし戒めの誓約《クローフイ・クリャートヴァ》》の発症だった。私は立っていられず、その場に倒れこんでしまう。

「く……！」

制服のポケットに手を入れ、そこに常備してある小さなビニールのパッケージを取り出す。中にはピロシキの抜け毛を集めたかたまりが入っている。

震える指先で、私はその猫毛を抜き出すと顔に押しつけた。そして思いきり深呼吸する。

猫由来のアレルゲン物質ｆｅｌｄ１。それに反応して活性化した体内免疫系が分泌させる成分は、組織の開発した抑制剤と同じ効能を持つ。

現状これだけが、殺人ウィルスに対して私が持つ対抗手段である。

しかし。

「……症状が出ない!?」

くしゃみもかゆみも、以前のように一切やってこようとはしない。

ここ最近、徐々にアレルギー症状が軽くなってきていることは以前から自覚していた。

だが、それが意味する事実に私は気づいてはいなかったのだ。

以前、アレルギーについて調べた際に見つけた医学用語が脳裏によぎる。

寛解《かんかい》――アレルギー体質そのものが消えることはないが、アレルギー症状が改善され起こりにくくなる現象。

つまり、猫のアレルゲン物質に触れても肉体の免疫系が反応しなくなってしまったのだ。

必然、殺人ウィルスを沈静化させる成分の分泌も起こらない。

絶望が私の胸を凍《い》てつかせた。

遅くとも一〇分以内に、自分が死ぬという避けようのない事実に。

唯一の生存手段を失った私に、できることはもう何も残されていない。

（すまない……凛音《りおん》。私は君を、護《まも》れなかった……）

激痛で薄れかける意識の中で、私は凛音へ詫《わ》びた。

そして浮かび上がってくる面影《おもかげ》は、もうひとり。

「小花《こはな》……ッ」

彼女の優しい笑顔をもう一度見たい。そう思うと、涙が勝手にあふれ出してくる。

その、涙に曇った視界にラードゥガの動く姿が見えた。

負傷した片足を引きずりながら、彼女は手に何かを握りしめている。

それは、注射器だった。

ラードゥガは苦痛に歯を食いしばり、必死の形相でそれを振り上げ近寄ってくる。

（まさか――）

殺人ウィルスの発症から死亡までは最大一〇分の時間がかかる。だが、暗殺用に開発された活性化剤を混入させれば即死の効果をもたらすことが可能。

ラードゥガは、その活性化剤を私に投与し今すぐ決着をつけようとしているのだ。

だが、それを前にしても私はもはや抵抗しようとは思わなかった。

「ラードゥガ……私が死んだあと、凛音を見逃してやってはくれないか……？　頼む……」

一縷《いちる》の望みをこめて、そう訴える。しかし、ラードゥガは首を横に振って拒絶した。

「それは……無理っすよ」

「そうか――」

もはやすべての望みは閉ざされた。私は静かに目を閉じ、最後の瞬間を観念して待つ。

首筋に鋭い痛みが生まれた。冷たい針が血管に侵入し、注射器の中を満たす液体が注入されてくる感覚。

「だから、あとは自分でやってくださいっす」

ラードゥガの言葉が暗闇に響く。

だが、死の兆候は何秒たってもやってこようとはしなかった。

「え……?」

それどころか、全身に巣食っていた激痛がみるみるうちに消えていこうとしている。

これは、まさか。私に投与されたものは——

「活性化剤じゃない……抑制剤!?」

そうとしか思えなかった。

しかし、なぜラードゥガがそんな情けを私にかけたのかがわからない。

「アーニャ先輩に、やっぱり死んでほしくないと思ってしまったっす……」

脱臼《だつきゆう》した肩を入れつつ起き上がった私を前に、ぽつりと彼女はそう言った。

「二年前のあのとき、実はアーニャ先輩に負けてホッとしたっていうか、うれしかったんす」

「うれしかった……?」

組織の訓練場での、いつかの記憶が蘇《よみがえ》る。彼女の希望で行った本気のスパーリングで、私は経験の差でかろうじて勝利を収めた。

「自分より強い人が、この世にはちゃんといてくれるんだって安心したんす。結局『無敵』とか『最強』って、信じたもん勝ちの幻想っすから。それだけに、信じられる拠《よ》りどころが実際あるのはデカいんす」

そう言って、ラードゥガはぐしっと笑った。

「これから先、どんなにヤバい状況や強い敵を前にしても、アーニャ先輩よりはたいしたことないって思えるっすもん。そういうメンタル面のお守りって大事っす」

確かに、いつかのスパーリングのときもそうだった。圧倒的に出鼻をくじいた駆け引きでラードゥガのメンタルに影響する盤外戦術を使っていなければ、勝負の行方はどうなっていたかはわからない。

「だから、これからも世界のどこかでアーニャ先輩には生きていてほしいんす。いつだって、ラーちゃんの想像を超えてく幻想《つよさ》のままで。……でも今日は正直、再会してみたら期待外れだったんでガックリきたっすよ。失恋の気分だったっすね。だから、さっき殺そうと思ったのは本気っす……ラーちゃんは一途なので♪」

小動物的な笑顔を浮かべたまま、ラードゥガはそんな物騒なことを言った。

なにやら身勝手な理由で生かされたものだが、そんなわがままも憎めないところが妙に猫っぽい後輩だなとも思う。

「だが……いいのか？　《家《ドーミク》》の使命《ミッション》に反することになるぞ」

「だって、ラーちゃんは《家《ドーミク》》の申し子っすよ？　《家《ドーミク》》イコール、ラーちゃんってことっす。その申し子の決めたことなんでオッケーっすよ」

親指を立てながら、愛嬌《あいきょう》ある笑みをラードゥガは見せた。

「ま、表向き始末したってことにしとけば問題ないっす。それより、例の女の子のところへ急いだほうがいいんじゃないっすか？　《プロキシー》側から連絡きてないってことは、まだ生きてるっぽいっすけど」

ラードゥガはそう言って、どこへともなく去っていった。

そう、まだ問題は片付いていない。組織に雇われた《プロキシー》の殺し屋たちから、あの少女を護《まも》りぬくことこそが私の使命《ミッション》なのだから。

まずは、凛音《りおん》と一緒にいると思われる明良《あきら》と連絡をつながなければ。

だが制服のポケットを探ったとき、私は愕然《がくぜん》と凍りついた。スマートフォンがない。

さっき、部屋を出るとき持ってくるのを忘れてしまったようだ。逃走したラードゥガの追跡に集中していたせいで、気づかなかった。

ひとまずは、明良のマンションへ急いで向かう。

頼む、間に合ってくれ——と、走り出した私は何にともなくそう願っていた。

CHARACTER 2

Kokodewa NEKO no Kotoba de Hanase

花《はな》菱《びし》 繭《まゆ》

Mission.5
トゥモロー・ネバー・ダイ

私——久里子明良《くりすあきら》は、花菱繭《はなびしまゆ》の運転するカローラの後部座席にいた。

隣には凛音《りおん》がいる。その顔は命を狙われたショックで青ざめ、私の腕に抱きついたまま離そうとはしない。

バックミラーごしに、繭が私の顔を見る。

「明良さん、ひとまずどこへ行けばいいかな？」

「それじゃ、いったん青鴫橋《あおしぎばし》の下に。あそこなら身を隠しやすいから」

私は繭に道順を教えると、シュエにもメールで伝えた。それから、隣で震える凛音を安心させるため頭を抱いてあげる。

「……シュエさんは大丈夫でしょうか？」

「あの子は殺しても死なないタイプよ。心配ないわ」

やがて、車は目的地に到着した。市内を流れる一級河川に架かる大きな橋。その下の河川敷に車は停《と》まった。

エンジンを切った繭が大きく息を吐き、シートベルトを外す。

「これで、ひとまずは安心ね。明良さん、怪我《けが》はない？」

「ええ、大丈夫よ」

私たちは車を降り、外へ出た。

河川敷に吹く真夜中の風は冷たい。

腕時計を見ると、午前三時を回ったあたり。夜明けまでには、まだ少し遠い。

繭はスーツのポケットから煙草《たばこ》を取り出すと、箱から一本をくわえていた。

「私にも一本もらえる？」

繭が差し出した箱から私も一本抜き出し、唇にくわえる。

繭がライターで自分の煙草に火をつけ、ふかした。私はくわえたままの煙草の先を、繭の火口に近づける。火を燃え移らせながら息を吸いこむと、灰になった先端が闇の中できれいなオレンジ色に光りだした。

「ふう——」

メンソールの香りのついた煙を肺に回らせると、張りつめていた神経がほぐれていく。

ふと視線を感じたので横を見ると、凜音がじっとこちらを見つめていた。

「どうしたの？」

「かっこいいです……明良さんの煙草吸ってるところ。初めて見ました」

寒風の中で頬《ほお》を赤らめ、呑気《のんき》なことを言ってうっとりしている。

そういえば、凜音がやってきてからは自宅での喫煙をしていなかったことを思い出す。

意識はしていなかったが、自分なりに未成年である彼女の健康を考えていたのかもしれない。

今となっては、我ながら笑ってしまいそうになる。そんな悠長なことを考えた暮らしが、いったいいつまで続くと思っていたのだろう。シュエに呆《あき》れられたのも無理はない。

「ちっ……苛々《いらいら》するわね、この子。今の状況がわかってるの？」

それを聞いていた繭《まゆ》が、凛音《りおん》をにらんで舌打ちを飛ばす。

「もちろん、わかってるわよ。繭のおかげで助かったってことはね……ありがとう」

私は指先を伸ばし、繭の頬《ほお》に触れる。やさしくなでて耳たぶをきゅっとつまむと、彼女の身体《からだ》が敏感に反応を見せた。

「……なら、いいです」

照れたのか、頬を染めた彼女がうつむく。

かわいい子だと思うけど、少し嫉妬《しっと》深いのが玉に瑕《きず》かな。凛音を、子供ではなく私のそばにいる「女」として敵視しているのが伝わってくる。

河川敷を吹く風には枯れ草が焼けたような、冬の匂《にお》いがした。

その風の中で、煙草《たばこ》を何本か灰にしたころ……

「誰かやってくるわ」

暗闇の向こうから、草を踏む足音が近づいてくるのが聴こえてきた。

目を凝《こ》らした瞬間、心臓が冷たく軋《きし》むのを覚える。

黒いレザーコートを着た、大柄な身体。レザーのハットを目深《まぶか》にかぶり、両腕には二挺《にちょう》拳銃を握っている。

「《四本腕《クアドラ》》！」

車の後ろに飛びこむのと、立て続けに響いた銃声が耳を聾《ろう》するのとは同時だった。

車体の板金《ばんきん》を弾丸が貫く金属音。ウインドウのガラスが粉々に砕けて散らばる。

まさか、シュエはもう殺《や》られてしまったのだろうか？ 絶望が胸に忍び寄り、思考が混乱しかける。

それでも私は、頭を下げながらベレッタを抜く。

そして、車体の陰から銃口を突き出し――

「――!?」

ふと背筋を走った違和感に衝《つ》き動かされ、すぐに頭を再び引っこめる。そのすぐ横で、浴びせられた銃弾が残響をあげ火花を散らした。

違和感は、たった今見たクアドラのシルエットにある。

コートに袖をとおした両手に、拳銃を持っている。さっきはそこにマシェットを握っていたはずだ。それに、かぶったハットからのぞく長い髪……さっきは丸刈りだったのに。

「まさかッ――」

直感のまま振り返ると、うずくまった凛音の背後に誰かが忍び寄ってくるのが見えた。

アーニャちゃんと同じぐらい小柄な、黒い全身スーツをまとった丸刈りの女――

「チッ、勘がいいねえ！」

クアドラの上半身を担当するほうの、女殺し屋だ。巨体の下半身役を囮《おとり》にして、密《ひそ》かに合体、を解き独立行動をしていたのだ。

凛音《りおん》へ振り下ろしかけていた右手のマシェットを、迷わず私へ投げつけてくる。

銀色の弧を描いて飛んできたそれを、私は後方へ大きく仰《の》け反《ぞ》ってかわした。

目の前すぐの虚空《こくう》を、死の旋風が通過する。が、バランスを崩して背中から倒れた。

クアドラA――便宜上そう呼ぶ――は、妨害者である私へ優先目標を変更。車のボンネットに飛び乗るや、トランポリンばりに跳躍し頭上から強襲してきた。

残る片手に握ったマシェットが重そうな唸《うな》りをあげ、私へと振り下ろされる。

刃渡り六〇センチはある炭素鋼の刃を、立ち上がりざまベレッタの銃身で受け止めた。落下の慣性と体重が乗せられた一刀は重く、衝撃で拳銃が手から弾《はじ》き飛ばされる。

「首を斬《き》り飛ばしてやるよ！」

返す刀で横殴《よこなぐ》りの追撃。速い。今の受けで体軸が崩された状態で、あれを避けるのはもう無理なタイミングだった。

次瞬、両手に衝撃。軋《きし》むような金属音とともに、刃は空中でぴたりと止まった。

「ッ!?」

とっさに腰から引きちぎったウォレットチェーン。私はそれを襲ってきた刀身に巻きつけ、両手で思いきり引きしぼっていた。

同時に私は、クアドラAの膝《ひざ》正面を狙い踵《かかと》での蹴《け》りを打ちこむ。

膝への関節蹴りで靭帯《じんたい》を損傷した相手は、苦痛の声をもらしバランスを崩した。私はすばやく、さっき弾き飛ばされたベレッタを拾いに走る。

だが、そこへ襲ってきたクアドラB――もう一人の半身による猛弾幕。私は銃を拾うのをあきらめ身をひるがえすと、凛音の腕を引っ張り車体の後ろへ飛びこんでいく。

二挺《にちょう》拳銃による射撃は、嵐のようにやむことがない。それによって移動もままならず、位置を釘付けにされてしまう。

クアドラAが、片脚を引きずりながらこちらの潜伏位置へと回りこんできた。

「繭《まゆ》！」

姿の見えない女刑事に呼びかけるが、返事は戻ってこない。まさか、もう流れ弾でやられてしまったのだろうか？

窮地《きゅうち》の中で、震える凛音の身体《からだ》を抱きしめる。この子の身だけは、なんとしてでも護《まも》らなくては。理屈ではなく、私はその想いを強く感じていた。

逆襲の一手を必死に考えていると、吠《ほ》え猛《たけ》るエグゾースト・ノイズが急速に接近してきた。土手の上から一台の大型バイクが飛び出すと、猛スピードで斜面を駆け降りてくる。今にも転倒しそうな無茶な運転……いや、暴走。

「オラアアァァァァッツ!!」

ハンドルを握っているのは、血まみれのシュエだった。

どうやらマンション内での戦闘ではクアドラに敗退したものの、どこかで調達したバイクでその後を追い、リベンジに駆けつけたというわけらしい。

向かう先にはクアドラBがいた。こちらへの銃撃を中断しシュエを迎え撃とうとするが、暴走バイクの勢いは止まらない。

激突の寸前、シュエはアクセルから手を離しシートから飛び降りていた。

ぐしゃ――と、耳をふさぎたくなるような衝突音が響く。

時速一〇〇キロ以上で疾走する重量級の鉄塊が、棒立ちとなったクアドラBへぶちこまれた。

文字どおりの交通事故。大型バイクに跳ね飛ばされたクアドラBの身体《からだ》は、派手な水音をあげて数メートル先の河へ放りこまれていた。

いかに巨体を誇ろうとも、あれではひとたまりもない。もはや戦闘不能と見ていいだろう。

「ふう――」

草の上に転がり受け身を取ったシュエが、ゆっくりと身を起こし立ち上がってきた。

クアドラAは、相棒のあまりに凄惨《せいさん》かつ唐突なリタイアに呆然《ぼうぜん》と固まっている。

私はその隙《すき》に、落ちたベレッタの元へ駆け寄り拾い上げた。そして我に返ったクアドラAに、すばやく銃口を突きつける。

「どうよ、明良《あきら》？　また惚《ほ》れ直しちまっただろ？」

全身に受けた切り傷で血だらけながら、シュエはこちらを見て不敵な笑みを浮かべていた。

「相変わらず、派手なことが好きな女ね」

クアドラAから目を離すことなく、私は苦笑をもらす。ひとまず、これで危機は脱した。

そう思った瞬間。

一発の銃声が夜空に轟《とどろ》いていた。

いつの間にか、視界内に繭《まゆ》が立っている。その手には硝煙《しょうえん》立ちのぼる拳銃が握られていた。

発砲したのは彼女だ。そして——

「ガァッ……！」

撃たれたのは、シュエだった。

右大腿部《みぎだいたいぶ》の肉が爆《は》ぜた彼女は、銃弾を受けた衝撃でその場になぎ倒される。

「繭……!?」

「ああすっきりした。このクソ女、この前は人に銃を突きつけやがって……銃ってのは脅《おど》しに使うものじゃないですって？ ええ、そのとおりよ。ブチこんでやったわ、ざまあみろ」

繭が口元を冷ややかに歪《ゆが》め、嗤《わら》った。

「繭、まさか最初から……」

「察しが良くて助かるわ、明良さん。私、地元では久我山《くがやま》の人身売買組織とズブズブにつるんでたの。悪徳刑事ってやつね。クアドラに、ここの場所を連絡したのも私。今回は、《家《ドーミク》》と《プロキシー》の共同作戦を現地コーディネイトする担当役ってわけ。商品を奪われた久我山のドジをフォローしなきゃならないからね……こっちは副業《アルバイト》だってのに、いい迷惑よ」

私はとっさに繭《まゆ》へ銃口を向ける。瞬間、右手首に鋭い激痛が走った。

「よそ見はいけないねえ」

自分から狙いがそれる一瞬で放たれた、クアドラAの斬撃。手の腱《けん》を切り裂かれたらしく、指に力が入らない。グリップを握れず、ベレッタを取り落してしまう。

「でもまあ、おかげで明良《あきら》さんに出会えたけどね。安全は保証するから、おとなしくしていて」

繭の銃口が次に向けられたのは、座りこんだまま動けないでいる凛音《りおん》だった。

引き鉄にかかる、人さし指が動く予兆を見せた刹那《せつな》。

私は、動いていた。

轟音《ごうおん》とともに、胸の奥で衝撃と激痛が爆発する。

喉《のど》にこみあげてきた血のかたまりを、口から大量に吐き出す。

けれど……弾丸は貫通していない。

だから、私の後ろにいる凛音に当たってはいない。大丈夫だ。

「明良……さん……？」

私は振り向き、呆然《ぼうぜん》と私を見上げる凛音へ微笑《ほほえ》みかけようとする。彼女を安心させるために。

けれど身体《からだ》に力が入らない。首の動きに引っ張られ、そのまま後ろへ倒れこんでしまった。

私を見上げる凛音の、腕の中へと。

「明良《あきら》さん!? 明良さぁぁぁぁあんッッ!?」

きれいな顔をぐしゃぐしゃに歪《ゆが》め、凛音《りおん》が目の前で泣き叫んでいる。

私は震える手を伸ばし、涙に濡《ぬ》れたその頬《ほお》に触れようとした。

けれど、彼女の顔はとてつもなく遠く感じた。たぶん、月までよりも遠いかもしれない。

女の子をかばって死ぬ。私は、なかなか上出来な最期だなと自分自身で納得していた。

これでやっと、もう償《つぐな》うことができない苦しさからも解放される。

目を閉じた。私を呼ぶ声だけが暗闇に聞こえ続ける。

凛音。シュエ。その声がまるで、子守り歌のように心地いい。

私は不思議と満たされた気持ちのまま、やってくる眠りに身を委《ゆだ》ねていった。


花菱繭《はなびしまゆ》はただ呆然《ぼうぜん》と、崩れ落ちる久里子《くりす》明良を瞳に映していた。

何が起こったのかがわからず、何秒間か自失する。

黒蜂《ヘイフォン》、そして明良を無力化し、ようやく懸念《けねん》の厄ネタ——雫石《しずくいし》凛音を始末できるターンが回ってきたのだというのに。

それなのになぜ、小娘は生きていて明良が撃たれているのだ?

まさか、自分が明良を撃つはずがない。せっかく邪魔な女たちを全員片付け、あの人を自分のものにできる状況になったのだから。

と、いうことは……

「このガキィィ!!」

自分なりの理解に至ったとたん、激しい怒りが繭を襲う。そして手加減ぬきで、凛音の腹を蹴《け》り上げていた。

「あうっ!?」

吹っ飛んで転がった凛音を、目をむき出した繭は鬼のような勢いで蹴り続ける。

「よくも！　よくも明良さんを盾にしやがったな!!　許さない!!　許さないィイッ!!」

そういうことだと繭は信じきっていた。いや、そういうことにしなければ明良を撃ってしまった痛恨の事態を受け入れることができない。

そして何より……自分を愛していると言ってくれた明良が、こんな小娘のために命を投げ出すことなどあってはならないのだから。

「おまえのせいで明良さんは死んだんだ!!　よくも！　よくも！　許さないわよッ!!」

凛音は必死に頭をかばい、胎児のように身体《からだ》を丸めて大人の女の暴力に耐え続けていた。

記憶は子供のころにさかのぼる。毎日のように、こうやって母親の折檻《せっかん》を受けた日々に。

学校や児童相談所の介入により、命にかかわるレベルの直接な暴力は止まったが……より水面下で陰湿さを増した虐待やネグレクトにより、自尊心はさらに削れていった。

一三歳にして、すべてをあきらめていた。未来には何の希望も待ってはいないのだと。

そんな凛音《りおん》を、初めて抱きしめてくれた大人が明良《あきら》だった。

明良とすごしたこの三か月が、凛音にはまるで夢のようにも思える。

けれど明良はもういない。こんな自分を救うために命を捨てて犠牲《ぎせい》になってくれたのだ。

そんな価値なんて、自分には何一つありはしないというのに。

(そんなことを言うと、よく明良さんに優しく叱られたっけ……)

明良はいつも、自分を卑下しがちな凛音を根気よく励ましてくれたものだった。

凛音には誰からも大切にされる価値がある。だから、自分でその価値を否定することをしてはいけないと。

(ごめんなさい、明良さん……)

流れた涙は自分を憐《あわ》れむためのものではなかった。

この世界を回す愛の連鎖。そこからはぐれた凛音へ、落ちたバトンを拾い渡してくれた明良を思って凛音は泣いた。

母親の愛を知らず、そんな母親に愛される《猫》を妬《ねた》み憎んだ……そんな自分に、初めて愛《それ》を信じさせてくれた女のために。

激しい痛みが、頭をかばった腕に刺さった。そこを蹴《け》られたのだ。

ぞわり、と腹の底で強い感情が動く。

明良が命を賭《か》けて護《まも》ってくれたこの自分が、まるで物のように何度も蹴りつけられている。

そのことへ感じる、これは悔しさだった。

大好きなあの人が大事にしてくれた自分の身体《からだ》に、そんなことをしてくる相手が許せない。

そう思う怒りの感情も、凛音が初めていだいたものだった。

「わあああああっ!!」

頭をかばう両腕で、凛音は蹴ってくる繭《まゆ》の脚にしがみついていた。

突然の行動に相手が戸惑っている。蹴りは止まったが、許せないという感情は止まらない。

ズボンの裾からのぞいた繭の足首に、凛音は思いきり噛《か》みついていた。

「ッ、こいつっ」

タイツの生地ごしに歯形が刻まれ、繭は予期せぬ痛みに顔をしかめる。

だがそこで冷静さを取り戻し、怒りのあまり見失っていた本来の目的を思い出す。

「そうね……こんなことやってる場合じゃなかったわ」

深呼吸をする。繭はあらためて、銃口を足下にしがみつく凛音の頭へと向けた。

「……?」

そうやって、落ち着きを取り戻したせいか……さっきから聴こえていた大きな音が、徐々にこちらへ近づいてきていることに繭はようやく気づいた。

夜空に響く、ヘリのような航空機のローター音が。

それはもう耳を聾《ろう》する爆音となっていた。まるで、真上に滞空しているかのように近い。

「なっ――」

繭《まゆ》は頭上を振りあおいだ。

そこに、まっすぐ降下してくる垂直離着陸航空機――V22オスプレイの腹が見えた。

ティルトローターの風圧が地上一帯を吹き荒れ、繭は腕で顔を覆い砂塵《さじん》を防ぐ。

オスプレイは一〇メートルほどの上空で滞空状態《ホバリング》に入る。すると、機内から人影が虚空《こくう》へ飛び出すのが見えた。

一〇メートルの高さから飛んだ人影は、繭と凛音《りおん》がいるすぐ近くへと見事な着地を決める。

両足のバネで着地の衝撃を完璧に殺しきると、舞い降りた人影はすっくと立つ。超人的な体術とバランス感覚だった。

ダークスーツを着た金髪の美女――ペムブレードーは、悠然《ゆうぜん》と青い瞳で繭を見つめて。

「米国CIA準軍事部門作戦担当官《パラミリタリーケースオフィサー》、ロザリー・フェアチャイルドですわ。我《わ》が姉妹からの緊急要請にしたがい、雫石《しずくいし》凛音さんを作戦チーム《グライアイ》の保護対象とします。この場の何人《なんぴと》も、すみやかに手を引くように」

いきなりCIAなどという名前を聞かされ、繭は面食らい困惑する。

だが、すぐ怒りに駆られ銃口を上げた。

たとえ相手が何者だろうと、獲物をここで横取りされてはたまったものではない。

それに自分はもう、明良《あきら》を撃ってしまったのだ。愛していた彼女を殺したことが、無意味になることには耐えられない。

「嫌なことよ！」

そして、ためらわずに発砲した。

一発。二発。三発――眼前に立つ金髪女の全身を、至近距離から蜂の巣にする。

血しぶきが飛び散り、ズタズタになった相手へとなおも撃ちこむ。

拳銃のスライドが後ろに飛び出し、ホールドオープンした。弾倉内の全弾を撃ち尽くしたあと、繭《まゆ》は死体を確認しようとし……

「なあっ――」

ありえない事態に我が目を疑っていた。

蜂の巣にしたはずのペムプレードーが、まったくの無傷のままそこに立っていたのだから。

まるで今まで、自分がここではない世界の幻覚を見ていたとでもいうように。

「《シュレーディンガーズ・キャット》――すべての弾丸が外れる可能性を選択しましたわ」

ペムプレードーが語った言葉の意味は、繭には当然わからない。ただ、この女には何をしても太刀打《たちう》ちできないという圧倒的な格の差だけが伝わってきた。

「あなたが凛音《りおん》さんですわね？　もう安心ですわよ？」

ペムブレードーは、うずくまった凜音のかたわらに寄りそうと微笑《ほほえ》みかけた。呆然《ぼうぜん》とたたずむだけの繭には、もはや一片の興味も示さない。

「とは言っても……少々、遅かったようですわね」

それから、倒れて動かない明良のほうへ痛ましい視線を送る。

凜音は泣き濡《ぬ》れた瞳をさまよわせると、明良の身体《からだ》に取りすがり号泣した。

「明良さん……！　明良さぁぁん！」

かたわらに座りこんだ黒蜂《ヘイフオン》もまた、目を閉じた明良の顔を放心したように見つめていた。

「くそっ……なに、借りは返したみたいなすっきりした顔でくたばってやがるんだよ……償《つぐな》う必要なんかないって、あれだけ言ったじゃねえか。オレには、アンタと過ごした時間のほうがずっとずっと大事だったんだぜ……？　なのに、どこまでも自分勝手な女がよ……」

殺し屋である彼女の目に涙はない。黒蜂はただ、嚙《か》みしめるようにそうつぶやき続けていた。

ふいに水音が鳴った。河の中から、ずぶ濡れになったクアドラBが這《は》い上がってくる。大型バイクの直撃を喰《く》らっても、まだ普通に動ける頑強さは驚異的だった。

「お姉ちゃあん……痛いよぉ……もう戦えないよう」

幼女のような泣き声は、身長二メートル近い巨体には不似合いだった。姉と呼ばれたクアドラAが、その肩を支えるようにかかえ起こす。

「うん、もう仕事は終わりだ。帰ろうか……今夜はがんばったから、特別にケーキを買ってやるよ。ホールの大きいやつを丸ごとね」

「えっ……ケーキ？　わあい、やったあ！」

痛みなどもう吹っ飛んだとばかりに、無邪気に喜ぶ妹。それをよそに、クアドラAは座りこんだ黒蜂《ヘイフオン》の背中を見やる。

「この仕事、あたしら《四本腕《クアドラ》》は降りる。あんたに預けるよ、《ブラック・ビー》。CIA絡みなんてヤバい案件だとは思わなかったもんでね……じゃあ、命があったらまた会おうか」

そう言い残して立ち去っていく《四本腕《クアドラ》》姉妹の後ろ姿を、ペムプレードーは見送る。

ふと視線を戻すと、花菱繭《はなびしまゆ》の姿はもうどこにも見えなかった。

後にはただ、弾丸を撃ち尽くした拳銃だけが残されていた。

🐾

花菱繭は、絶望の中で夜明け前の町を走り続けていた。

このまま地元へ逃げ帰ったとしても、仕事を失敗したことが明らかになれば繭の立場はない。人身売買組織から相応のペナルティを背負わされるだろうし、最悪の場合は警察にもいられなくなるかもしれない。

「畜生《ちくしょう》……！　どうしてこうなったのよ！」

後悔と憤《いきどお》りが止まらない。

あのとき、明良《あきら》が銃口の前に飛び出したりしなければ。そのあと、怒りに駆られて凛音《りおん》を痛めつけるなんて無駄なことで時間を空費しなければ。

あのわけのわからないＣＩＡの化け物女が介入してくる前に、凛音を殺しておくことはできていたはずなのに。

いや……そもそも、明良という女に心を奪われてしまったこと。それが、自分にとっては破滅の始まりだったのかもしれない。まさに魔性の女だった。

息が切れ、足がもつれる。振り返って誰も追ってきていないことを確かめると、繭は走るのをやめて立ち止まった。

ふと、前方へ視界を戻すと——

「日本側の調整役《コーディネイター》の人っすね？　《家《ドーミク》》からきたラードゥガ・ロマノヴァっす」

黒い日本のセーラー服を着た、黒髪のくせっ毛が特徴的な少女がそこに立っていた。

そうだ、と《家《ドーミク》》の名前に繭は希望を取り戻した。《プロキシー》の殺し屋は失敗しても、まだこちらがいる。

「よかった……！　あんた、《家《ドーミク》》のナンバーワン暗殺者なんでしょ？　標的がＣＩＡに横取りされそうなのよ！　急いでいって始末してきて！」

ナンバーワンと呼ばれたラードゥガが、少しくすぐったそうな苦笑を浮かべる。

「まあ、そうっすね。現役ではナンバーワンっす。つか、よかったっす。女の子、まだ殺されてなかったんすね」

その言葉が放たれた次の瞬間、繭《まゆ》は心臓に冷たい衝撃を感じていた。

「……え？」

目の前に立つラードゥガの顔が、繭にとってこの世で最後に見たものとなった。

繭の心臓には、肋骨《ろっこつ》の間をぬってダガーナイフが突き刺さっていた。刃が引き抜かれると、絶命した女刑事はその場に座りこむように崩れ落ちる。

「悪いんすけど、口封じで死んでもらったっすよ。標的の女の子もアーニャ先輩も、ラーちゃんが日本できっちり始末してきたってことにしたいんす」

ラードゥガは死体の前にしゃがみこみ、苦痛に歪《ゆが》んだ死に顔を眺めながらそう語りかける。

それから立ち上がると、東の空が白みはじめた夜空を見上げた。

「さようなら《ダスヴィダーニヤ》っす。アーニャ先輩」

どこか寂しげなつぶやきは、白い息とともに夜明け前の空へ溶けていった。

私――アンナ・グラツカヤは、河川敷へ向け高度を下げていくオスプレイを夜空に視認していた。

日本国内で運用される同機体は、その多くが在日米軍の保有するものだ。その連想がもしやの可能性を思い描き、私は目的地を河川敷と定めて急行した。

現場へ到着してみれば、果たして事態は私の想像したとおり。

おそらくはエニュオーかペルシスからの要請を受けたペムプレードーが、凛音《りおん》の窮地《きゅうち》に駆けつけ彼女を救ってくれていたのだ。

到着したときにはすべてが終わっていたが、怖《おそ》れていた最悪の事態は避けられたといえる。

しかし……

「死んだというのか……明良《あきら》が」

その場にいた黒蜂《ヘイフォン》からの一報を、私は信じがたい思いで受け止めていた。

まるで自分の中に、大きな空洞が穿《うが》たれたかのような喪失感《そうしつかん》が襲ってくる。

彼女の身体《からだ》は、すでにペムプレードーを乗せてきた機体で先に運び去られていた。

直接この目で見ていないため実感は薄かったが、残された凛音の流す涙を見れば嘘ではないと理解できた。

私は言葉もなく、明良の死を悼んで黙禱《もくとう》を捧げる。

この町にやってきて出会った殺し屋にして、謎めいた年上の女。

一緒に仕事をしたこともあり、《グライアイ》が来襲した際は共闘もしてくれた。私にとっては、頼りになる戦友のような存在だったのかもしれない。

小花《こはな》には、明良《あきら》が死んだ事実は伏せておこうと思った。彼女を悲しませたくはないからだ。

黙禱《もくとう》を終えた私の前に、ふと凛音《りおん》が立った。

泣きはらした真っ赤な目。それでも、私を見つめる眼差《まなざ》しには今までになかった気丈さを感じる。

「アンナさん……」

そして、凛音は自分の胸に手を当てながら口を開いた。

「受け取ってください。わたしの中にある免疫細胞《ワクチン》を」

「凛音――」

この夏に出会ってからそれとなく互いに避けていた、私たちの間に横たわる問題。

その答えを、凛音は初めて口にしていた。

誰に指図されたからでもない。自らの意思でそう言っているのだと、私は彼女の瞳に宿る強い光を見て確信した。

「明良さんは命を賭《か》けて、わたしを護《まも》ってくれました……わたしなんかのために、なんて言いません。明良さんが示してくれた気持ちに、ふさわしい自分にならなくちゃいけないって思います」

抑えていた感情があふれ出したのか、凛音の瞳に涙がにじむ。

それをこらえるかのように、彼女は私の手を両手でぎゅっと握りしめてきた。

「そうなるために、明良さんから受け取ったこの愛《バトン》をほかの誰かにも渡したい。今のわたしがそれを渡せる相手は、あなたしかいません。……だから、アンナさんを救うのはわたしじゃなく、明良さんなんだと思ってください」

私は無言のまま、凛音の手を握り返した。

言葉で確かめるまでもなく、彼女の思いは私へと伝わったから。

私たちは、ともにそろって過去の自分を乗り越えたのだと。

もう何の恩讐《おんしゆう》もしがらみも、自縄《じじよう》自縛《じばく》の罪悪感も存在しない。ただ人が人を想うという、その現実だけがここにある。

まだ見ぬ明日に灯《とも》す希望という温もりを、握った手と手に宿しあう私たちの肩を……いつの間にかそばで見守っていたペムプレードーが、そっと両腕で抱擁《ほうよう》してきた。

ふと視線を横へ向けると、去っていく黒蜂《ヘイフオン》の背中がそこに見えた。

声をかけようとして、やめた。明良を失った痛みを、彼女の中に想像したからだ。

誰かの悲しみを感じる力。私はそれを、一匹の猫——モーさんの死から学んでいた。

視界の隅に、白くまばゆい光を感じる。夜明けの訪れだった。

死んだような灰色から瑞々《みずみず》しい薄青へと変わっていく、空の下。

吹きつける冷たい風の中で、私は昨日までとは違う自分自身の存在を感じていた。

エピローグ

「卒業証書授与。アンナ・グラツカヤ殿――おめでとう」

名前を呼ばれて舞台に登った私はお辞儀をし、校長先生から手渡される卒業証書を両手で受け取る。

儀礼的な拍手が講堂の天井に響く中、私は舞台の袖から降りて自分の座席に戻っていく。

三月――私立鳥羽杜《とばもり》女子高校の卒業式。

久里子明良《くりすあきら》が死んだあの夜から、一年と少しの時間が流れていた。

私は小花《こはな》たちとともに、二年間をすごしたこの学校を卒業していく。

式典が終わったあと、私たちは今日でお別れとなるそれぞれの教室へと戻っていった。

クラスメイトそれぞれの、笑顔と泣き顔。今日という一瞬だけに浮かび上がる、鮮やかな原色に輝く少女たちの感情が渦巻いている。

そんな中で、いつもは人一倍さわがしい梅田彩夏《うめださやか》がぽつんと窓辺に頬杖《ほおづえ》をついていた。

どこか心ここにあらずといった視線は、早春の淡い水色の空へとさまよっている。

ポコ、とその後ろ頭を卒業証書入りの紙筒が叩《たた》いた。

「なーにキャラ無視してアンニュイしちゃってんの。ウメらしくないじゃん」

梅田の良き相棒とも言うべき竹里絵里《たけさとえり》が、いつもとは少し違う雰囲気のツッコミを梅田に入れる。なじみだったこのやり取りも、今日が最後だと思うと感慨深い。

「いやさ……この教室にも明日からこないかと思うと、ふと思い出しちゃってねえ」

梅田はテンション低くつぶやくと、ため息をもらす。

「だってさあ、突然アメリカに帰っちゃったじゃん。二年の文化祭のあと……」

「ああ、リンジーのことね」

竹里が納得のうなずきを返す。

エニユオーとペルシスは、私の護衛任務を終了すると同時に彼女たち本来の世界——地球全域を股《また》にかけた、ＣＩＡエージェントとしての活動へ戻っていった。

ラードゥガの偽装工作によって、私と凛音《りおん》は《家《ドーミク》》に対しては死んだことになっている。

私が命を狙われる危険は消滅し、また指揮官であるペムプレードーが現場に復帰したこともあり、彼女たちがこの町に留《とど》まる理由はなくなった。

必然的に、かりそめの女子高生ライフもその時点で終了し……二人は急遽《きゅうきょ》アメリカに帰国するということで、この学校から姿を消す。そのタイミングは確かに、突然のことではあった。

「お別れの挨拶《あいさつ》ぐらいは、せめてしておきたかったな〜」

そんな相棒の様子を、竹里はどこか楽しそうな様子で見守っている。

「あのさ。あたし今まで黙ってたけど、実はマデリーンと付き合ってるんだよね」

そして突然、とんでもない爆弾発言を投下したのだった。

「「ええーっ!?」」

そばで聞いていた私と小花《こはな》の驚いた声が、息ぴったりでシンクロした。

「いつの間に……マジか、エリ」

梅田《うめだ》もさすがに呆然《ぼうぜん》としている。

「まあね。そういうの、周りには見せないテクニックがいろいろあるのよ」

「エリ、なんか恋愛強者っぽおい……でもいつから？　全然気づかなかったよお」

「二年の夏休みに、みんなで海いったじゃん。そのへんからなんとなく仲良くなっちゃってね」

小花はひたすら感心している。私もまったくの同感だった。

思えば二年の文化祭でやった『ねこメイド喫茶』のときも、竹里《たけさと》とエニュオーは同じ係を担当していたが……そのころには、すでに付き合っていたというのが驚きである。

「やー、あたし自身も意外っていうか？　別に、昔から女の子に興味があったってわけじゃないんだけど……ほら、マデリーンって明るくて顔も良くてエロいじゃん？　そしたら男も女も関係ないかなって」

淡々と語る竹里の言葉にも、うなずけるものがあった。

私自身、小花に対しては性別を超えた特別な感情をいだいている。魅力を感じ好きになった相手が、たまたま同性だったというだけのことなのだろう。

「で。卒業祝いで、今日ここに顔出すことになってるんだよね……あ、きたかな」

メッセージの通知音が鳴ったスマホをのぞくと、竹里が窓の外を見やった。

するると、校門前から笑顔でこちらへ手を振っている長身の人影が見える。エニュオーだった。

そしてエニュオーの隣には、もう一人の元クラスメイト——眼帯をした、黒髪ショートボブの姿がある。

「……リンジー！」

ペルシスだった。

それに気づいた梅田の顔が、ぱあっと明るく晴れ渡る。そして物凄《ものすご》い勢いで教室を飛び出していく。まるで大雪が積もった朝の大型犬のようだった。

「ウメはほんと、単純でいいよね」

竹里が微笑《ほほえ》ましげに、梅田が出ていった教室の入り口に視線を送る。

「そうか、竹里は梅田のために……粋なはからいだな」

「ま、六年ごしの親友ですから」

ペルシスに会いたかった梅田の気持ちを前から知っていて、卒業式のこの日に再会をセッティングしたのだろう。

窓の向こうには、校庭を一直線に突っ走っていく梅田の姿が見えた。うれしそうにペルシスの名前を呼ぶ大声は、遠く離れたこちらにまでも聞こえてくる。

そして、いきなりペルシスに抱きつく。ペルシスは何やら口やかましく抗議している様子だったが、梅田《うめだ》のほうはお構いなしだ。

鳥羽杜《とばもり》女子高校ですごす最後の一日には、そんなささやかで温かなサプライズイベントが用意されていた。

生まれて初めて手にした卒業証書の紙筒を握りしめ、私はかたわらの小花《こはな》と微笑《ほほえ》みを交わしあった。

🐾

フロリダ州マイアミ・ビーチ。

アメリカ東海岸有数のリゾート地である南の楽園。真冬でも二〇度を下回ることのない温暖な気候は、常夏の地と呼んでもいいだろう。

燦々《さんさん》と降りそそぐ太陽の下……高級ホテルのプールサイドでは、一人の女がフローズン・ダイキリのカクテルグラスを口に運んでいた。

白人ではなく、東洋人と思われる。

身長一七二センチの均整の取れた肢体をスポーティなハイレグの水着で包み、サングラスをかけていた。

デッキチェアに横たわる女の上に、ふと影がさす。誰かがその前に立ったのである。

来訪者は金髪の女だった。

場所柄にふさわしく、こちらも水着。グラマラスなボディを強調するかのような、黒のビキニをまとっている。

「お久しぶりですわね」

金髪の女――ペムプレードーことロザリー・フェアチャイルドが、デッキチェアの女を見下ろし優雅な笑みを浮かべた。

「久里子明良《くりすあきら》さん」

名を呼ばれた女が、サングラスを外す。

その下から現れた顔は、まさに一昨年の冬に死んだはずの明良であった。

「よくここがわかったわね。さすがはCIAって感じかしら」

「今は休暇中ですわ。明良さん、あれからずっと日本へ帰ってはいませんの？」

ペムプレードーを見上げ、明良が苦笑を返す。

「私は死んだことになってるんでしょ？　だったら、そのままフェードアウトしといたほうがいいんじゃないかなって」

あの夜。一時は意識不明の重態に陥《おちい》った明良ではあったが、弾丸は胸骨に当たった影響で威力が大幅に減衰。肺や心臓といった臓器にも損傷はなく、翌日には米軍基地内の医療施設で意識を回復していた。

「複雑になりすぎた人間関係を、そうやってリセットしながら新しい場所で生き直すの。昔からずっとそうしてきたし……凛音《りおん》がアーニャちゃんにした話をあなたから聞いて、心からよかったなって思えたの。もう、私がいなくても生きていけるように成長できたんだなって」

懐かしい思い出を振り返るように、明良《あきら》は遠い目で青空の彼方《かなた》を見上げる。

「ここで死人が生き返っちゃったら、いろいろと台無しじゃない？」

「ふふ、そうかもしれませんわね……でも、少し生き方が刹那的《せつなてき》すぎるのではありませんこと？　それでは結局、あなたのそばには出会った誰も残らない。寂しくはありませんの？」

そんなことはない、気楽でいいわよ――と明良は何気なく答えかけ、いつもより少しだけ真摯《しんし》に自分の心と向き合ってみることにした。

「そうね……寂しくないと言えば、嘘になるかな。昔は全然平気だったのに、やっぱり歳を食ったせいなのかしら」

正直なその言葉に、ペムプレードーが満足したようにうなずきを見せた。

「そういうことらしいですわよ？　やっぱり、あなたを連れてきて正解でしたわね」

そして、誰にともなくそう語りかける。

思わず顔を上げた明良の、視線の先。ペムプレードーの肩ごしに、一人の女の姿が見えた。

長い黒髪の、こちらも長身の東洋人である。目つきは刺すように鋭かった。

「シュエ……」

黒蜂《ヘイフオン》ことシュエは、呆けたような明良の顔を見てニヤリと口元を歪《ゆが》めた。

「一回死んだぐらいでオレから逃げられると思ったら、大間違いだぜ？」

「普通に驚いたわね……でも、どうして私が生きてると思ったの？」

黒蜂が進み出てくると、ペムプレードーの隣に並び立つ。

「まあ、殺し屋の勘だな。ぶっちゃけクセえと思ったんで、この姐《ねえ》さんをしつこく問い詰めたら、とうとう教えてくれたってわけよ。そういうわけで、かくれんぼはここで終わりだ」

観念したというように、明良が苦笑し両手を挙げた。

「バレちゃったんなら仕方ないわね……でも口止めこそしてなかったけど、あなたもプロの割りには口が軽いんじゃない？」

「そうですわね……明良さんの言葉を借りるなら、きっと、わたくしも歳を食ったということなのでしょう。年寄りは、だいたいおせっかい焼きと相場が決まっているものですわ」

ペムプレードーは、長いブロンドの髪をかき上げ頭上の太陽を見上げた。

「それに……黒蜂さんの語る将来の夢に、わたくし個人として応援してさしあげたくなったというのもありますわね」

夢などという、殺し屋には似つかわしくない言葉。明良は黒蜂に視線を送った。

「明良と一緒に、猫を飼って暮らそうと思ってよ……殺し屋は二人そろって引退だ」

真顔でそんなことを語る黒蜂に、明良はさっきに続いて驚きを感じてしまう。

かつては殺し以外にやれることはないとまで語った黒蜂《ヘイフォン》が、いったいどういう心境の変化を起こしたのだろうかと。そもそも、特別に猫好きというわけでもなかったはずだ。

「なんだよ、不服か？」

明良《あきら》の驚きを違うように解釈したか、黒蜂の口調が少し気弱そうなものになる。

「シュエはいいの？　それで」

黒蜂は迷いなくうなずいた。

「ああ。お互い稼ぐだけ稼いだろうし、これ以上やってもいずれどこかでくたばるだけだ。違うか？」

「違わないわね。いつ死んでもおかしくない仕事だもの」

「だったら、お互いにもう少しちゃんと考えてみねえか？　人生ってやつをよ」

明良を見つめる黒蜂の声が、真剣みを増していく。

「オレはよ、今回のこと……アンタを失ったと思ったあのとき、自分の人生ってのはなんなんだろうなって心の底から思っちまった。殺して殺されて、大事なものは結局なにも残らねえ。その現実にうんざりしちまったんだよ……そんなことは、わかりきってたはずなのにだ」

黒蜂がプールサイドにしゃがみこみ、デッキチェアに座る明良と視線の高さを合わせた。

「つまりオレは、すっかり人間が変わっちまったんだ。アンタと出会ったことで……こいつは要するに、そういうことなんだと思う」

「あら、なんだかプロポーズみたいに聞こえるわね」

ついからかいの言葉で混ぜ返す明良だったが、黒蜂の真剣な表情は変わらない。

「……本気みたいね。でも、どうして猫なの？」

「家に猫がいりゃあ、さすがのアンタもどこへも消えようがないだろ？　オレは猫の育て方なんてわからねえからな」

してやったりという笑みを黒蜂は浮かべる。明良は、ため息まじりの苦笑とともに肩をすくめてみせた。

「あきれた。猫は人質ってわけ？」

「まあ、それもあるけど……三人暮らしのほうが、たぶん毎日楽しいだろうしな」

ふと何かを思い出すような黒蜂の言葉に、明良の脳裏に浮かんだのは凛音《りおん》の面影《おもかげ》だった。

ほんの三か月ほどの間だったが、あのマンションに凛音がきてから三人で暮らした時間は忘れがたい。黒蜂も、思いは同じのようだった。

「では、決まりですわね。このロザリー・フェアチャイルドが、黒蜂さんの願いを確かに聞き届けましたわ」

二人の間に会話がとぎれたタイミングで、ペムプレードーが口を開いた。

「人と猫とが幸せに暮らす世界。それを護《まも》るのが、わたくしのライフワークなのですから」

それを聞いた明良はくすぐったそうに笑うと、フロリダのまぶしい太陽を見上げた。

衝動まかせだった自分の人生も、どうやら年貢の納め時ということらしい。愛するパートナーとの幸福という重石《おもし》が、どっしりと乗りかかってきてどかせない。

まるで、人の膝《ひざ》を寝床に眠り続ける猫のように。

🐾

「うわ〜。こんなに広かったんだー、この部屋」

引っ越し荷物の搬出がすべて終わり、入居時の状態に戻った3LDK。

最後の大掃除を終えると、だだっ広い部屋を見渡した旭姫《あさひ》が感想を述べる。

自分としても、彼女と同じ意見だった。

入居してしばらくはこんな状態だったが、それが劇的に変わったのはこの旭姫が押しかけ同居人としてやってきてからだ。

そのにぎやかな日々も、この日をもって終わりを告げる。

私……アンナ・グラツカヤが、二年間暮らしたこの町を去っていく今日をもって。

「一段落したし、お茶にしよっか……ちょーっと待っててね」

旭姫は何やら企んでいるらしく含み笑いをもらすと、隣の部屋へと引っこんでいった。

がらんとしたフローリングの床では、ピロシキがカフカフと皿のフードを咀嚼《そしゃく》している。

「じゃーん！」

しばらくすると、旭姫が廊下から飛び出してくる。

さっきまでの私服から、真新しいブレザーの制服へと着替え終わっていた。

「どう？　中学の制服、家から持ってきてたんだ。アーニャに見せようと思って。かわいい？」

「うむ。とてもよく似合っている」

そこには、以前にも増して大人びた印象の旭姫がいた。

この春に小学校を卒業した旭姫は、四月からは中学生になる。

初めて出会った二年前からの時の移ろいを感じ、私は胸が詰まるのを感じた。

「えっ？　やだうそ……もしかしてアーニャ泣きそう？」

「いや。大丈夫だ」

かろうじて涙はこらえた。しかし鼻水が垂れてきたので、ポケットティッシュでかむ。

「あはは。そうやってチーンしてると、猫アレルギーがひどかったころを思い出すよね～」

旭姫がなつかしそうに笑っている。

私の猫アレルギーは寛解《かんかい》した状態を保っており、あのころのような症状が出ることはない。

そして体内のウィルスが消えた今、そのことは私の生命維持とはもう無関係になっていた。

そろって部屋の壁に寄りかかると、並んで座り休憩する。

「アーニャ、見て見て。凛音《りおん》ちゃんの新曲、この衣装超かっこいいよね！」

旭姫《あさひ》がスマートフォンを私に見せてくる。

芸能界を志した凛音《りおん》は、宗像夜霧《むなかたよぎり》の援助を受けつつ音楽事務所のオーディションに合格。ボイストレーニングとダンスレッスンを積んだ末にアーティストとしてデビューしていた。

一五歳という年齢には不釣り合いなほど、画面の中で歌い踊る凛音の姿は貫禄《かんろく》が感じられた。そのたたずまいには、やはり生い立ちによるものかにじみ出るダークさが感じられる。

けれど、こちらを射抜くような瞳に宿る意思の光からは……あの夜、私に見せたものと同じ強さが感じられた。不幸な過去と明良《あきら》との別離を乗り越え、彼女はタフに輝きを放っている。

いずれは同じ芸能界という場所で、やはり新進気鋭の女優として活躍している綺《きら》先輩と交わるようなこともあるのかもしれない。

凛音の曲を聴き終わったあとで、私もスマートフォンをフローリングの床に置いた。ユーチューブのリストから再生する曲を選ぶ。

「アーニャ、昭和の歌謡曲なにげに好きだよね」

「一九七八年の曲だ。この部屋を出ていく日には、これを一緒に聴こうと思っていた」

再生ボタンを押すと、キャンディーズの『微笑《ほほえみ》がえし』が流れはじめる。

七〇年代に一世を風靡《ふうび》した女性アイドルグループの、解散前にリリースされた最後の曲。

春らしいさわやかで優しいメロディが、昼下がりの温まった空気に立ちのぼっていく。

「いい歌だね……でもなんだろ。こんなに明るい曲なのに、聴いてて涙出てきそうになる」

旭姫が歌詞に耳を澄ませながら、大きな瞳をうるませている。

私も同感だった。さっきはこらえた涙が再びにじんでくるのを感じる。

笑顔でそれぞれの道へ旅立っていく、同じ部屋ですごした人間たちのおかしくもどこかほろりとする心情をつづった歌詞。優しく明るい曲調が、かえって切なさへと転じていくようだ。

私と旭姫は、どちらからともなく肩と肩とを寄り添わせていた。

そしていつの間にか自然と抱きあい、静かに流れる時間を共有する。

「旭姫……私と一緒にいてくれて、ありがとう。君はもう、私のほんとうの妹だ」

「アーニャ……ずっとずっと、大好きだよ。たまにはこの町に帰ってきてね？」

そんな私たちの横では、ピロシキが裂けそうなほど口を大きく開けてあくびをしていた。


旭姫を自宅まで送っていった私は、その足で駅へと向かった。

旅立つ私の手荷物の中に、猫のピロシキが入ったキャリーバッグはない。

ピロシキは、旭姫のたっての希望で彼女が実家に引き取ることになった。私と一緒にすごした思い出がすべて詰まったようなあの猫を、手放したくはなかったのだろう。

駅までの道を進む一歩ずつ、高まっていく鼓動のリズムを感じてしまう。

もうすぐ、そこで私を待っているはずの人に会える。

そう思うだけで、泣き出しそうなほどの切なさと不安が同時に襲ってくる。

もし次の一瞬、スピードオーバーの車が曲がり角から飛び出してきたら。

もし次の一瞬、近くのビルが爆発し瓦礫《がれき》の山が落ちてきたら。

もし次の一瞬、戦争が起こり平和な日々が終わりを告げたら。

私が幸せを目指す一歩目を、そんなふうに運命の力がねじ伏せようとしてきたなら――

妄想と戦いながら、しっかりと前を向いて歩いていく私の視界に。

「アーニャ！　待ってたよお」

駅の入口から手を振る、小花《こはな》の姿が目に入った。

幸せすぎるがゆえの不安から解放された私は、逸《はや》る気持ちのままそちらへ向かった。

彼女の肩には、大きめのショルダーバッグが掛けられている。片手には、猫のあめが入ったレモンイエローのキャリーバッグ。必要なほかの荷物は、もうすでに今夜から住む新居へと送られているはずだった。

私たちの向かう先は、東京。

小花は四月から、獣医学科のある大学へ進学するため上京する。

かつて私に語った夢を叶《かな》えるための道を、小花は着々と歩んでいた。

そして東京で小花が暮らすアパートには、私も同居することになっている。

「アーニャ……わたしと一緒にきてくれて、ありがとうねえ。もし独りだったら、途中でくじけちゃうかもしれないから。お母さんも安心してくれたし」

「小花が夢を目指すのは、私の未来のためでもあるのだろう？　ならば、誰よりもそばで私が支えるのは当然のことだ……今日から一緒に暮らすあめも、よろしくな」

私は、キャリーバッグの透明な窓ごしにあめへ語りかけた。

片目が白く濁《にご》ったブルーの瞳で、出会ったころより大きくなった白猫は私の顔をまっすぐ見つめている。

そして、ニャーと鳴いた。

いいえ《ニエット》でもはい《ダー》でもなく、そのどちらでもあるかのような彼女の返事は——今の私にとっても、容易には解けない謎に満ちている。

猫の言葉を理解するための長く果てしない私の旅は、まだまだ途中であるようだ。

「じゃあ、いこうかあ」

「うむ、いこう」

駅の改札口へと歩きだした小花が、そっと右手を差し出してきた。

私は左手でそれを握り返す。

春の空には、もうあの日の雪は見えない。

あとがき

どんな時間にも別れは必ずやってくるものです。

そういうわけで、作者自身・読者の皆様ともども、この物語とはここでお別れとなります。

またどこかの世界で、別の誰かの人生を通じてお会いしましょう！


……で終わってもいいぐらい、書くべきことは本編に書き尽くしたという気持ちはあるのですが、せっかくこうした場が設けられているのですから、もう少しだけ続けたいと思います。

思えばずっと、猫への片思いのラブレターを書いていたような気がします。

一巻当時の事情から変わったのは、この四巻を書きはじめる少し前に本物の猫が家にやってきたということでしょうか。猫と暮らすのは実に丸四年ぶりとなり、自分の中での奇妙な隣人は奇妙な同居人へとクラスチェンジ。猫特有の激烈なうんこの臭さという忘れかけていたリアリティをも思い出しましたが、作品に反映するのはやめておきました。ファンタジー最高！

片思いのラブレターと言えばもうひとつ、百合（GL）という初めて手掛けるジャンルに対しても終始そんな気持ちでした。

自分は割りと雑食性というか、NL作品内での女×女の関係やシスターフッドも含めて百合（GL）として好きなタイプです（最近の漫画ではくずしろ先生の『永世乙女の戦い方』『雨夜の月』、岸虎次郎先生の『オトメの帝国』などがお気に入り）。多岐に嗜好が分かれるジャンルゆえ、あまり肌に合わなかったという方がいて当然とは思うものの、『ここ猫』もまたいい百合だったと言ってもらえたなら、挑戦が報《むく》われた気がして何よりも嬉《うれ》しいです。

猫と百合という初めて扱う尊さ概念への戸惑いを、作者が慣れた手癖のバイオレンスアクションでラッピングして照れ隠し。思えば『ここ猫』とは、そんな不器用でシャイな作品であったのかもしれません。そう、まるでアーニャのように（露骨《ろこつ》なまとめ）。

またこうして四巻まで続けられたのは、担当の渡部さんをはじめとした編集部のご厚意あってのことでした。ガガガ文庫でなければ、このシリーズは決して存在できなかったでしょう。またいずれ、より多くの読者から手にとってもらえる作品で帰ってきたいと思っています。

最後に豆情報。「竹里《たけさと》とエニュオーいつくっついたの？」という謎は、メロンブックスさんの三巻特典SSを読めばわかります（手遅れなダイマ）。

では、お別れの一曲はキャンディーズの『微笑がえし』で。

世界中の猫が幸せでありますように。

昏《くにゃ》式《しき》龍《たつ》也《にゃ》

〈参考文献〉
『猫は、うれしかったことしか覚えていない』（幻冬舎文庫）石黒由紀子・ミロコマチコ著

ガガガ文庫3月刊

公務員、中田忍の悪徳8

著／立川浦々《たちかわうらうら》　イラスト／棟蛙《おうちかえる》

忍の下を去った由奈、樹木化する異世界エルフ、喪われた忍の記憶、そして明かされる全ての真実。地方公務員、中田忍が最後に犯す、天衣無縫の『悪徳』とは——？　シリーズ最終巻！　忘れるな、これが中田忍だ!!

ISBN978-4-09-453176-3（ガた9-8）　定価935円（税込）

ここでは猫の言葉で話せ4

著／昏式龍也《くらしきたつや》　イラスト／塩《しお》かずのこ

秋が訪れ、木々と共に色づく少女たちの恋心。アーニャと小花もついに実りの時を迎える。しかし、アーニャの前に組織が送り込んだ現役最強の刺客が現れ——猫が紡ぐ少女たちの出会いと別れの物語、ここに完結。

ISBN978-4-09-453177-0（ガく3-7）　定価792円（税込）

純情ギャルと不器用マッチョの恋は焦れったい

著／秀章《ひであき》　イラスト／しんいし智歩《ちほ》

須田孝士は、ベンチプレス130kgな学校一のマッチョ。犬浦藍那は、フォロワー50万人超のインフルエンサー。キャラ濃いめな二人は、お互いに片想い中。けれど、めちゃくちゃ奥手!?　焦れあまラブコメ開幕！

ISBN978-4-09-453179-4（ガひ3-7）　定価836円（税込）

少女事案② 白スク水で愛犬を洗う風町鈴と飼い犬になってワンワン吠える夏目幸路

著／西条陽《にしじょうよう》　イラスト／ゆんみ

風町鈴。小学五年生。ガーリーでダウナー系の美少女は——なぜだか俺を、犬にした。友情のために命をかける偽装能力少女に、殺し屋たちの魔の手が迫る。忠犬・夏目が少女を守る、エスケープ×ラブ×サスペンス。

ISBN978-4-09-453178-7（ガに4-2）　定価858円（税込）

ソリッドステート・オーバーライド

著／江波光則《えなみみつのり》　イラスト／D.Y《ダイ》

ロボット兵士しかいない荒野の戦闘地帯。二体のロボット、マシューとガルシアはポンコツトラックで移動しながら兵士ロボット向けの「ラジオ番組」を24時間配信中。ある日彼らが見つけたのは一人の人間の少女だった。

ISBN978-4-09-453180-0（ガえ1-13）　定価957円（税込）

ドスケベ催眠術師の子2

著／桂嶋《けいしま》エイダ　イラスト／浜弓場双《はまゆばそう》

真友が真のドスケベ催眠術師と認められてしばらく。校内では、催眠アプリを使った辻ドスケベ催眠事件が発生していた。真友に巻き込まれる形で、サジは犯人捜査に協力することになるが……？

ISBN978-4-09-453182-4（ガけ1-2）　定価836円（税込）

【悲報】お嬢様系底辺ダンジョン配信者、配信切り忘れに気づかず同業者をボコってしまう2 けど相手が若手最強の迷惑系配信者だったらしくアホ程バズって伝説になってますわ!?

著／赤城大空《あかぎひろたか》　イラスト／福《ふく》きつね

バズりまくってついに収益化を達成したカリンお嬢様。そこに現れたのは憧れのセツナお嬢様の“生みの親”もちもちたまご先生で……!?　どこまでも規格外なダンジョン無双バズ第2弾!!

ISBN978-4-09-453183-1（ガあ11-33）　定価814円（税込）

魔女と猟犬5

著／カミツキレイニー　イラスト／LAM《ラム》

最凶最悪と呼ばれる“西の魔女”を仲間にするべくオズ島へと上陸したロロたち一行。だがそこは、王家の支配に抵抗するパルチザンとの内戦の絶えない世界だった……。いよいよ物語は風雲怒涛の「オズ編」へ突入！

ISBN978-4-09-453184-8（ガか8-17）　定価946円（税込）

闇堕ち勇者の背信配信 ～追放され、隠しボス部屋に放り込まれた結果、ボスと探索者狩り配信を始める～

著／広路《こうじ》なゆる　イラスト／白狼《はいらん》

パーティーを追放され、隠しボス相手に死を覚悟する勇者クガ。だが配信に興味津々の吸血鬼アリシアに巻き込まれて探索者狩り配信に協力することに!?　不本意ながら人間狩ってラスボスを目指す最強配信英雄譚！

ISBN978-4-09-453185-5（ガこ6-1）　定価836円（税込）

GAGAGAGAGAGAGAGAGAGA

ガガガ文庫3月刊

【悲報】お嬢様系底辺ダンジョン配信者、配信切り忘れに気づかず同業者をボコってしまう
けど相手が若手最強の迷惑系配信者だったらしくアホ程バズって伝説になってますわ

著／赤《あか》城《ぎ》大空《ひろたか》

イラスト／福《ふく》きつね
定価 814 円（税込）

バズりまくってついに収益化を達成したカリンお嬢様。
そこに現れたのは憧れのセツナお嬢様の“生みの親”もちもちたまご先生で……！
どこまでも規格外なダンジョン無双バズ第２弾!!

GAGAGAGAGAGAGAGAGAGA

ガガガ文庫3月刊

闇堕ち勇者の背信配信

~追放され、隠しボス部屋に放り込まれた結果、ボスと探索者狩り配信を始める~

著／広路《こうじ》なゆる

イラスト／白狼《ばいらん》

定価 836 円（税込）

パーティーを追放され、隠しボス相手に死を覚悟する勇者クガ。

だが配信に興味津々の吸血鬼アリシアに巻き込まれて探索者狩り配信に協力することに!?

不本意ながら人間狩ってラスボスを目指す最強配信英雄譚！

GAGAGA

ガガガ文庫

ここでは猫の言葉で話せ4

昏式龍也

発行	2024年3月23日　初版第1刷発行
発行人	鳥光 裕
編集人	星野博規
編集	渡部 純
発行所	株式会社小学館 〒101-8001 東京都千代田区一ツ橋2-3-1 [編集]03-3230-9343　[販売]03-5281-3556
カバー印刷	株式会社美松堂
印刷・製本	図書印刷株式会社

©TATSUYA KURASHIKI　2024

Printed in Japan　ISBN978-4-09-453177-0

造本には十分注意しておりますが、万一、落丁・乱丁などの不良品がありましたら、「制作局コールセンター」（0120-336-340）あてにお送り下さい。送料小社負担にてお取り替えいたします。（電話受付は土・日・祝休日を除く9:30～17:30までになります）
本書の無断での複製、転載、複写（コピー）、スキャン、デジタル化、上演、放送等の二次利用、翻案等は、著作権法上の例外を除き禁じられています。
本書の電子データ化などの無断複製は著作権法上の例外を除き禁じられています。
代行業者等の第三者による本書の電子的複製も認められておりません。

ガガガ文庫webアンケートにご協力ください
毎月5名様 図書カードNEXTプレゼント!
読者アンケートにお答えいただいた方の中から抽選で毎月5名様にガガガ文庫特製図書カードNEXT500円分を贈呈いたします。
http://e.sgkm.jp/453177
応募はこちらから▶
（ここでは猫の言葉で話せ　4）

第19回小学館ライトノベル大賞 応募要項!!!!!!!!!!!!!!!!!!!!!!!!!!

ゲスト審査員は田口智久氏!!!!!!!!!!!!
（アニメーション監督、脚本家。映画『夏へのトンネル、さよならの出口』監督）

大賞：200万円＆デビュー確約

ガガガ賞：100万円＆デビュー確約

優秀賞：50万円＆デビュー確約

審査員特別賞：50万円＆デビュー確約

スーパーヒーローコミックス原作賞：30万円＆コミック化確約
（てれびくん編集部主催）

第一次審査通過者全員に、評価シート&寸評をお送りします

内容 ビジュアルが付くことを意識した、エンターテインメント小説であること。ファンタジー、ミステリー、恋愛、SFなどジャンルは不問。商業的に未発表作品であること。
（同人誌や営利目的でない個人のWEB上での作品掲載は可。その場合は同人誌名またはサイト名を明記のこと）

選考 ガガガ文庫編集部＋ゲスト審査員 田口智久
（スーパーヒーローコミックス原作賞はてれびくん編集部による選考）

資格 プロ・アマ・年齢不問

原稿枚数 ワープロ原稿の規定書式【1枚に42字×34行、縦書き】で、70～150枚。

締め切り 2024年9月末日 ※日付変更までにアップロード完了。

発表 2025年3月刊『ガ報』、及びガガガ文庫公式WEBサイト GAGAGA WIREにて

応募方法 ガガガ文庫公式WEBサイト GAGAGA WIREの小学館ライトノベル大賞ページから専用の作品投稿フォームにアクセス、必要情報を入力の上、ご応募ください。
※データ形式は、テキスト（txt）、ワード（doc、docx）のみとなります。
※同一回の応募において、改稿版を含め同じ作品は一度しか投稿できません。よく推敲の上、アップロードください。
※締切り直前はサーバーが混み合う可能性があります。余裕をもった投稿をお願いします。

注意 ○応募作品は返却致しません。○選考に関するお問い合わせには応じられません。○二重投稿作品はいっさい受け付けません。○受賞作品の出版権及び映像化、コミック化、ゲーム化などの二次使用権はすべて小学館に帰属します。別途、規定の印税をお支払いいたします。○応募された方の個人情報は、本大賞以外の目的に利用することはありません。